FOLIOTHÈQUE

Collection dirigée par
**Bruno Vercier**
Maître de conférences
à l'Université de
la Sorbonne Nouvelle - Paris III

Émile Zola

**La bête humaine**

par Philippe Hamon

Philippe Hamon

présente

# **La bête humaine**

d'Émile Zola

Gallimard

Philippe Hamon enseigne la théorie littéraire et l'histoire littéraire du XIXe siècle à l'Université de la Sorbonne Nouvelle (Paris III). Il a publié dans diverses revues et dans des ouvrages collectifs, et est l'auteur de plusieurs essais : *Du descriptif* (1981 ; nouvelle édition revue, 1993), *Le personnel du roman* (1983), *Texte et idéologie* (1984), *Expositions, littérature et architecture au XIXe siècle* (1989), *La description littéraire* (1991).

# AVERTISSEMENT

Les références au texte de *La bête humaine* seront faites dans le texte de l'édition Folio (Paris, Gallimard, 1977) par simple référence à la page.

Les références aux autres romans des *Rougon-Macquart* seront faites dans l'édition de la Bibliothèque de la Pléiade (5 vol., Paris, Gallimard, 1960-1967), sous la mention : Pléiade, suivie du numéro de tomaison et de la page.

Les références aux autres œuvres seront faites dans l'édition des *Œuvres complètes* d'Émile Zola (15 vol., Paris, Tchou, Cercle du livre précieux, 1966-1970), sous la mention : C.L.P., suivie du numéro de tomaison et de la page.

Les références au manuscrit de l'« Ébauche » et du « Dossier préparatoire » renverront directement aux folios (f°) du manuscrit de la Bibliothèque nationale de Paris, dont nous donnons quelques extraits dans le Dossier.

# INTRODUCTION

En 1896 paraît à Paris, à la Société d'éditions scientifiques, l'*Enquête médico-psychologique sur les rapports de la supériorité intellectuelle avec la névropathie*, du docteur Édouard Toulouse. Le docteur Toulouse est l'héritier d'une longue lignée de médecins (Tissot, Moreau de Tours, Binet et Passy, Réveillé-Parise, Joly, Séailles, Lombroso) que fascinent l'« homme de génie », l'homme de lettres, l'artiste, et qui cherchent à explorer les liens qui existeraient entre la folie et le talent artistique. Toulouse soumet Zola pendant plusieurs jours à toute une série de questions, de tests, d'analyses de rêves, à laquelle Zola semble s'être soumis avec beaucoup de bonne volonté, comme en témoigne la « Lettre de M. Zola » qui sert de préface à l'ouvrage, et où le romancier écrit : « Mon cerveau est comme dans un crâne de verre, je l'ai donné à tous et je ne crains pas que tous viennent y lire. »

Zola reprend là à son compte et à son sujet une métaphore qu'il utilise très souvent, celle de la transparence. Il en a fait quasiment son leitmotiv théorique, aussi bien dans sa correspondance avec des amis privilégiés que dans ses essais théoriques, notamment dans sa célèbre lettre du 18 août 1864[1] à son ami d'enfance Valabrègue où il développe longuement sa théorie des « écrans », insistant particulièrement sur l'écran réaliste, « simple verre à vitre, très mince, très clair », image qu'il

1. C.L.P., XIV, p. 309 et suiv.

reprendra par la suite en exposant son « rêve » d'une « phrase de cristal », de « l'idée si vraie, si nue, qu'elle apparût comme transparente à elle-même, et d'une solidité de diamant dans le cristal de la phrase[1] », d'une langue littéraire qui serait comme une sorte de « maison de verre laissant voir les idées à l'intérieur[2] », bref d'un roman laissant donc voir, comme à l'intérieur d'une vitrine d'exposition universelle, dans leur nudité sévère dans une sorte de « tel quel » sans apprêt rhétorique, les faits et les « documents humains », qui sont le matériau du romancier naturaliste[3].

On retrouvera cette métaphore non seulement dans le texte de Zola préfaçant celui du docteur Toulouse, mais, si l'on peut dire, dans la tête même du cobaye du docteur Toulouse. À la suite de plusieurs questions concernant ses goûts et répulsions, le docteur Toulouse note : « Une machine à vapeur en diamant serait pour lui la plus belle des choses[4]. » Ce fantasme en figure d'oxymore (l'alliance de la machine avec la nature, de l'artificialité la plus élaborée avec le matériau le plus brut, du charbon noir avec le comble de la transparence, de la vaporisation avec la dureté inaltérable) pourrait bien avoir trouvé, avec *La bête humaine*, son incarnation littéraire.

Mais *La bête humaine* est à tous les sens du terme, cela frappe le lecteur dès la première lecture, un roman « noir ». Et la question se pose d'emblée : *La bête humaine* correspond-elle encore à l'exigence pédagogique et esthétique du programme de « transpa-

1. *Ibid.* p. 725.

2. É. Zola, *Les romanciers naturalistes*, chap. « Stendhal ».

3. Voir P. Hamon, « Zola romancier de la transparence », *Europe*, n° spécial « Zola » avril-mai 1968.

4. *Op. cit.*, p. 259.

rence » naturaliste ? Comment le romancier intransigeant du *Roman expérimental*, qui exige que l'écrivain s'assimile à une sorte d'« écran » translucide posé devant le réel et qu'il abjure toutes les sollicitations de l'imaginaire, va-t-il rendre compte des obscurités de ce même imaginaire ? Ce roman qui forme, avec *L'assommoir*, *Nana* et *Germinal*, le quatuor des « best-sellers » des *Rougon-Macquart*, est-il un roman qui correspond au « cahier des charges » de l'esthétique naturaliste[1] ? Correspond-il encore à la définition du « roman de mœurs » qui, à l'intérieur d'un « cadre » social bien déterminé (classe, quartier homogène, milieu bien circonscrit), distribue et « expose » ces fameux et sacro-saints « documents humains » collectés par le romancier-sociologue ? L'inconscient (*La bête humaine* a failli s'intituler ainsi) est-il un « milieu », un « monde » ou un « thème » qui peut, comme les Halles *(Le ventre de Paris)*, comme la mine *(Germinal)*, comme le monde politique *(Son excellence Eugène Rougon)*, comme le monde du théâtre et de la prostitution *(Nana)*, comme le monde des spéculateurs *(La curée)*, comme un quartier ouvrier *(L'assommoir)* ou un grand magasin *(Au bonheur des dames)*, se laisser circonscrire, mettre en fiches, décrire, cartographier, exposer exhaustivement dans tous ses détails à l'aide d'une simple enquête sur le terrain de quelques jours et de quelques « notes prises à coup de lorgnon » (Goncourt, préface des *Frères Zemganno*, 1879) ? Peut-on maîtriser la bête avec un lorgnon ?

1. Sur cette notion de « cahier des charges », voir P. Hamon, *Le personnel du roman : le système des personnages dans les Rougon-Macquart d'Émile Zola*, Genève, Droz, 1983, p. 27 et suiv.

Les grands axes de la lecture qui suit seront déterminés par ces questions : plus qu'un « cadre », on le verra, c'est un imaginaire du réseau qui régira *La bête humaine ;* plus qu'une transparence, des opacités et des brouillages ; plus qu'une transitivité vers le monde extérieur, une autoréflexivité du texte sur lui-même.

# I GENÈSES

## FIN DE CYCLE, FIN DE SIÈCLE

Zola, en 1890, a cinquante ans. Ce n'est plus le journaliste un peu touche-à-tout et besogneux des années 1860, mais un auteur « arrivé », certainement l'écrivain français le plus célèbre de son temps, un écrivain que se disputent éditeurs et revues du monde entier, dont caricaturistes, chansonniers et journalistes multiplient l'image privée et publique[1]. L'extraordinaire succès de *L'assommoir* en 1877, relayé par d'autres succès (*Nana, Germinal*), lui a donné l'aisance matérielle, lui a permis d'acquérir sa propriété de Médan et l'a délivré du pensum de l'article de journal à écrire quotidiennement. La publication sous son égide en 1880 du recueil collectif (dans lequel Maupassant publie son premier chef-d'œuvre, *Boule de Suif*) des *Soirées de Médan*, la publication régulière, au rythme d'à peu

1. Voir J. Grand-Carteret, *Zola en images*, Paris, Juven, 1908.

près un roman par an, de sa série des *Rougon-Macquart*, ainsi que la publication d'un certain nombre d'ouvrages théoriques comme *Le roman expérimental* (1880) ou *Les romanciers naturalistes* (1881), l'imposent comme chef d'école du « nouveau roman » contemporain. Non sans vives résistances — et on les retrouvera au moment de l'affaire Dreyfus — de la part de certaines institutions (Zola ne sera jamais élu à l'Académie française, à laquelle il se présente régulièrement à partir de 1890), de certains journaux et de certains critiques influents (Brunetière), ou de certains mouvements littéraires (voir le « Manifeste des cinq » très anti-zolien publié par cinq jeunes romanciers en 1887 à l'occasion de la publication de *La terre*). Mais Flaubert et Hugo sont morts, et la place de « patron » des lettres françaises est vacante, place que viendra en quelque sorte confirmer l'élection de l'écrivain à la présidence de la Société des gens de lettres en 1891. Bref, comme le note non sans perfidie René Doumic dans *Le moniteur universel* du 14 mars 1890 en rendant compte de la publication de *La bête humaine :* « Monsieur Zola tourne au patriarche[1]. » Patriarcat qui sera bientôt remis en cause, du fait de l'apparition sur la scène des lettres de sensibilités et de tendances nouvelles très opposées au naturalisme, et dont rendra compte la passionnante *Enquête sur l'évolution littéraire* que publiera le journaliste Jules Huret en 1891 : Maupassant, le talentueux participant des *Soirées de Médan* écrit à présent des « complications sentimentales »

1. Voir Dossier, p. 170.

(*Notre cœur*, 1890), dans la veine de Bourget, Huysmans a publié en 1884 *À Rebours*, roman au titre en forme de rupture, Verlaine a fait découvrir Rimbaud et Villiers par ses *Poètes maudits*, Mallarmé a préfacé le *Traité du verbe* de René Ghil (qui avait dédié ses premiers vers, *Légende d'âmes et de sangs*, en 1885, à Zola), le « Manifeste symboliste » est publié en 1886 dans *La Vogue*, les néo-impressionnistes exposent, les noms d'Ibsen, de Dostoïevski, de Strindberg et de Maeterlinck commencent à s'imposer, et Paul Bourget, dans le recueil d'essais qu'il regroupe sous le titre *Essais de psychologie contemporaine* (1883), s'emploie à enregistrer et à dresser la carte « psychologique » de la décadence et du schopenhauérisme fin-de-siècle. *La bête humaine*, que Zola commence à écrire le 5 mai 1889, sera sur certains points une « réponse » (le terme apparaît dès l'« Ébauche ») à ces nouvelles tendances.

En 1889, Zola déménage de la rue Ballu à la rue de Bruxelles, perd son chien Fanfan auquel il était très attaché, visite l'Exposition universelle, dîne sur la toute récente et scandaleuse tour Eiffel (il ne signera pas la pétition des artistes et écrivains qui demandent sa démolition), s'occupe de la transposition de son roman *Le rêve* à l'Opéra, cherche des meubles anciens et pose des vitraux dans son cabinet de travail à Médan, est nommé juré aux assises de la Seine et devient pour la première fois père d'une petite fille, Denise, dont accouche Jeanne Rozerot, qui est sa maîtresse depuis l'année précédente. Et, entre le 5 mai 1889 et le 10 janvier 1890, écrit *La bête humaine.* Selon un usage de publication qu'a inauguré Balzac en 1836 avec sa *Vieille fille*, le roman paraîtra en feuilleton dans l'hebdomadaire *La Vie populaire*, entre le 14 novembre 1889 et le 2 mars 1890, avant de paraître en volume, en mars 1890, chez son éditeur habituel Charpentier, l'éditeur des fameux « livres jaunes » de l'écurie naturaliste (ces livres qui apparaissent dans plusieurs natures mortes d'un grand admirateur de Zola, Van Gogh). C'est le dix-septième roman de sa série des *Rougon-Macquart*, « Histoire naturelle et sociale d'une famille sous le Second Empire », série qui comprendra vingt volumes et sera achevée en 1893 avec *Le docteur Pascal.* La série, comme le siècle, touche donc à sa fin, s'approche de sa double conclusion, la conclusion d'une histoire, celle du Second Empire, que racontera *La débâcle*, et la conclusion « épistémologique » d'un cycle et de l'aventure d'une écriture, que racontera *Le docteur Pascal.* Mais *La bête humaine* pourrait bien constituer comme la première « fêlure » — un terme clé du vocabulaire zolien, on le verra —, dans ce système d'écriture si bien rodé.

Zola est un grand méthodique. Pour lui, et il ne cesse de le répéter et de l'écrire, le naturalisme n'est ni une philosophie, ni une rhétorique, ni un système de valeurs, ni une façon nouvelle d'agencer des intrigues, mais une méthode. Méthode que l'on pourrait qualifier, avant la lettre, de « sociologique » ou d'« anthropologique », et cela avant que la notion même de « sciences humaines » n'apparaisse et avant que ses disciplines ne se constituent « officiellement » (épistémologiquement et institutionnellement, par exemple par des chaires en université) dans les dernières années du XIXe siècle. « Prendre des notes sur le terrain », interroger les personnes compétentes sur une question, « démonter » les mécanismes sociaux invisibles, décrire et exposer les faits sans les juger, réunir et « classer » les « documents humains », faire l'inventaire des manières et des rites sociaux, compulser les statistiques, lire les livres techniques (droit, médecine, politique), tout cela fera désormais partie du travail d'un romancier. Flaubert (dans sa correspondance) ou les Goncourt (dans leurs préfaces), Hetzel, Jules Verne ou Flammarion, ses grands contemporains, ne parlent pas autrement. Le XIXe siècle est le siècle des grands dictionnaires (Larousse, Littré, Berthelot), des systèmes (Taine, l'un des premiers modèles de Zola) et des grandes expositions (les uns et les autres toujours « universels »). Ce n'est plus la fiction qui doit être le champ d'expérience du romancier et l'imagination qui doit être sa qualité première, mais sa capacité à réunir et à traiter ces fameux « documents humains », sa capacité à décrire et à classer les « mœurs » (maître mot de tout le siècle) de son temps. Et ce n'est plus le seul homme « psychologique » et « passionnel » qui devra intéresser le romancier, mais l'homme « total », conscient et inconscient (« L'inconscient », tel est, un moment, on y a déjà fait allusion, le titre que Zola retient pour *La bête humaine*)[1], privé et public, biologique et moral, avec son milieu, son hérédité, ses pulsions et ses répulsions, ses appétits et ses besoins. Bref, un homme immergé dans l'ensemble complexe des déterminations qui le constituent, déterminations « historiques », « naturelles » et « sociales », pour reprendre les trois mots clés qui sous-titrent la série.

1. Voir Dossier, p. 167.

---

Le mot « inconscient » — « tarte à la crème des physiologistes en mal de psychologie et des psychologues en mal de métaphysique », Léon Daudet, *L'Hérédo,* 1916, p. 101 — commence à se retrouver avec insistance dans la littérature à partir de 1880. Notamment dans la poésie d'un Laforgue. Le livre du philosophe allemand Hartmann, *Philosophie de l'inconscient* (1869), a été traduit en français en 1877. Son influence s'est alors combinée, chez les écrivains français, avec celle de Schopenhauer.

---

Méthodique, Zola le sera à plusieurs titres, à plusieurs niveaux, et à des moments différents de sa création. D'abord à l'échelle de la série, quand en 1868-1869, après le demi-échec de *Thérèse Raquin* en 1867, il commence à jeter les plans d'une ambitieuse série de romans destinée à « couvrir » un Second Empire qui n'a pas encore connu la « clôture » de Sedan, clôture qui surviendra bientôt, à la grande joie politique et esthétique du romancier. Ce dernier écrit dans sa préface de 1871 à son premier roman, *La fortune des Rougon* : « Depuis trois années, je rassemblais les documents de ce grand ouvrage, et le présent volume était même écrit, lorsque la chute des Bonaparte, dont j'avais besoin comme artiste, et que je trouvais fatalement au bout du drame, sans oser l'espérer si prochaine, est venue me donner le dénouement terrible et nécessaire de mon œuvre. Celle-ci est, dès aujourd'hui, complète ; elle s'agite dans un cercle fini ; elle devient le tableau d'un règne mort, d'une étrange époque de folie et de honte[1]. »

Zola a commencé en effet, à la Bibliothèque impériale (bientôt nationale), à réunir notes de lecture et documentation historique[2]. C'est qu'il s'agit alors, pour le jeune écrivain quelque peu autodidacte (il a échoué à son baccalauréat), non seulement de se constituer une culture, de se donner quelques grands principes directifs, mais d'intéresser à son projet et de convaincre un éditeur, et non des moindres, puisqu'il s'agit de l'éditeur Lacroix, l'éditeur des républicains « avancés », des *Misérables* de Hugo et du *Paris-Guide* collectif (préface de l'illustre exilé) de 1867. Le germe premier de *La bête humaine* peut sans doute être trouvé dans ces notes de lecture de 1868-1869, et plus précisément en une sorte d'aparté de Zola à

1. Pléiade, I, p. 3-4.

2. La majeure partie de ces notes et des premiers plans destinés à Lacroix sont reproduits au tome V de l'édition des *Rougon-Macquart* donnée par H. Mitterand dans la Bibliothèque de la Pléiade, p. 1667 et suiv.

lui-même en marge de ses notes prises dans le *Traité [...] de l'hérédité naturelle* du docteur Lucas « Hérédité [...] du penchant à l'assassinat [...]. Le meurtre se commet sans cause [...] un roman à faire (un roman criminaliste)[1]. » Il est d'ailleurs intéressant de voir comment un écrivain qui a fini par incarner le réalisme et le naturalisme confondus, qui n'a cessé de se présenter comme le champion du document humain pris sur le vif et du « lambeau d'existence » authentifié, prend d'abord appui, pour stimuler son acte de création, sur des textes plus que sur le réel lui-même, sur des écrivains et des médiateurs : ainsi des historiens du Second Empire, ou des médecins comme ce docteur Lucas par exemple, qu'il a été lire parce qu'il en avait trouvé mention dans *L'amour* de Michelet, Michelet qui est un de ses auteurs de prédilection ; ou de Balzac qu'il relit, comme le montre un texte intitulé « Différences entre Balzac et moi », qu'il rédige pour lui-même à la même époque en guise d'autoconsigne[2]. L'hérédité du personnage zolien, cela se confirme à peu près toujours pour qui a accès aux « Ébauches » et « Dossiers préparatoires » des romans, est plus d'ordre textuel que sexuel.

1. Pléiade, V, p. 1702-1703.

2. *Ibid.*, p. 1736-1737.

## CADRES ET MONDES

Comme son grand prédécesseur Balzac, qui avait imaginé des « Études », des « Scènes », des « divisions », des « cadres » et des « galeries » (voir l'avant-propos de *La comédie humaine* de 1842) pour classer et organiser le matériau de sa *Comédie humaine*, Zola prévoit aussi, dans ses premiers plans — ceux qu'il rédige pour lui-même et ceux qu'il destine à Lacroix —, une série de romans-cadres, et notamment « un roman judiciaire (Province) », dans une liste de dix romans à écrire (« Un roman qui aura pour cadre le monde militaire... », « Un roman qui aura pour cadre le monde ouvrier... », etc.), eux-mêmes regroupés en « Quatre mondes » : le monde du « peuple (ouvrier, militaire) », le monde des « commerçants », le monde de la « Bourgeoisie », et « un monde à part : putain, meurtrier, prêtre (religion), artiste (art)[1] ».

1. *Ibid.*, p. 1734-1735.

C'est donc toute une topographie de l'imaginaire qui se met ainsi en place et qui, à l'aide de grilles et de schèmes (l'arbre généalogique avec ses « nœuds » et ses « branches »), de « cas » (puisés aussi bien chez les médecins que dans la *Gazette des tribunaux*), de « cadres », de « mondes », de « classes », voire à l'aide de la référence-repoussoir aux « genres » littéraires les plus antinomiques du projet naturaliste (par exemple, dans l'exemple qui suit, le « feuilleton »), commence à organiser la liste des possibles narratifs destinés à couvrir méthodiquement tous les champs du réel (le Second Empire) à décrire. Et Zola précise en ces termes (parmi lesquels on remarquera le terme même de « bête ») le contenu de son dixième roman : « Un roman qui aura pour cadre le monde judiciaire, et pour héros Étienne Dulac [le futur Étienne

Lantier-Zola n'a pas encore arrêté définitivement les patronymes principaux de sa famille], troisième enfant du ménage d'ouvriers. [...] Étienne est un de ces cas étranges de criminel par hérédité qui, sans être fou, tue un jour dans une crise morbide, poussé par un instinct de bête. De même que ses parents, misérables et devenus vicieux, lèguent le génie à son frère Claude [le futur peintre de *L'œuvre*], ils lui lèguent le meurtre. Il y a des cas très saisissants de pareils faits. Je désire surtout écrire un roman de cour d'assises, comme je comprends ce genre abandonné aux fournisseurs brevetés de feuilletons, et dont on pourrait tirer une œuvre hautement littéraire et profondément émouvante[1]. »

1. *Ibid.*, p. 1776.

Il y a de l'encyclopédiste et du logicien chez Zola, et l'on remarque que l'intersection du champ « ouvrier », du champ « magistrature » et du champ « meurtrier » rend presque automatique, à un moment (1869) où le roman de *La bête humaine* n'est pas encore programmé, l'apparition de ce dernier. On remarque aussi que, à cette date, Zola ne songe qu'à un seul roman consacré au « monde ouvrier », monde qui se révélera rapidement trop riche et complexe pour « tenir » dans le « cadre » d'un seul roman, et qui imposera rapidement des subdivisions plus fines *(L'assommoir, Germinal, La bête humaine)*. Ce n'est sans doute que vers 1872 que Zola, dans une nouvelle liste des romans qu'il rédige pour lui-même (ils sont à présent dix-sept, et un « deuxième roman ouvrier » est expressément programmé), prévoit d'associer « roman judiciaire » et « chemin de fer »[1].

1. *Ibid.*, p. 1780.

La « germination » de *La bête humaine* se fera sans doute à un deuxième niveau, et dans un deuxième temps, à l'échelle de la deuxième moitié du cycle. Probablement après *Germinal* (1885), à un moment où Étienne, le héros du roman que Zola nous montre quittant le monde de la mine à la fin du livre, devient disponible pour un nouveau destin romanesque, et où l'actualité littéraire (les débats autour des livres de criminologie de Lombroso, de Tarde, les traductions et la mode du roman russe, le retour fin-de-siècle à un certain goût pour le surnaturel et les mystères de l'inconscient) comme biographique (l'installation de Zola à Médan devant la ligne Paris-Le Havre), voire le fait divers (certains accidents spectaculaires de chemin de fer, les méfaits de Jack l'Éventreur à Londres en septembre-octobre 1888)[2], concourent sans doute à « faire prendre », à amalgamer un ensemble encore vague de thèmes, de projets et une nébuleuse encore instable de données documentaires en attente dans les fichiers du romancier et qui se sont enrichies depuis les premiers plans de 1869.

2. Voir aussi, dans le Dossier, la nouvelle de C. Lemonnier.

---

Les méfaits de « Jack the Ripper » ont semé la terreur à Londres, à Whitechapel, entre le 31 août et le 9 novembre1[3]. Les journaux français (*Le Figaro* notamment) ont beaucoup parlé de cet événement. Curieusement de nombreuses références à un « éventrement » reviennent en leitmotiv dans *La bête*

3. Voir R. Marx, *Jack L'Éventreur et les fantasmes victoriens*, éd. Complexe, 1987.

*humaine*, et ceci dès le premier chapitre où Roubaud menace Séverine : « Avoue que tu as couché avec, nom de Dieu ! ou je t'éventre ! » (p. 48). Jacques fuira devant les femmes « pour ne pas [les] éventrer » (p. 86). La Lison accidentée sera aussi décrite comme « éventrée » (p. 377). Le ventre, chez Zola, a déjà servi à intituler l'un de ses romans, *Le ventre de Paris* (1873), dont le héros, Florent, a la hantise du ventre des femmes (fortes), poissonnières ou charcutières, qui peuplent les Halles de Paris. Dans *L'œuvre* (1886) Claude, le frère de Jacques, le peintre génial qui finira par se suicider, se tuera devant sa dernière toile qui représente une femme nue dont le ventre ne cesse de l'obséder. Auparavant, Claude a crevé d'un coup de poing la gorge d'une autre de ses femmes peintes... Le peintre et le meurtrier, rappelons-le, font partie, dans les classifications zoliennes, du même « monde à part ».

---

## L'« ÉBAUCHE »

C'est dans un troisième temps, au moment, et à l'échelle de l'écriture d'une œuvre précise (et non plus seulement des grands projets programmatiques de toute une série), au moment où, « après *Le rêve* »(1888), et selon son habitude de créer dans sa série un roman en contraste avec le précédent, Zola songe à revenir « dans le monde réel » (premières lignes de l'« Ébauche »)[1], que le romancier commence à jeter les bases de *La bête humaine*. Zola écrit à son correspondant favori de l'époque, qui est aussi son grand admirateur, le critique hollandais Jacques (encore un Jacques) Van Santen Kolff, en date du 16 novembre 1888 : « Je cherche

1. Voir Dossier, p. 161.

mon prochain roman, et je ne suis pas encore assez certain de ce que je ferai pour vous en parler nettement. Je vais sans doute mettre quelque drame terrible dans le cadre des chemins de fer, une étude du crime, avec une échappée sur la magistrature. Mais, je le répète, tout cela reste bien confus. »

La volonté de contraster avec les demi-teintes roses, blanches et bleues du *Rêve* lance d'emblée Zola dans un projet d'écriture « noire », dans la composition d'un « drame violent à donner le cauchemar à tout Paris ». Ce sera donc aussi un roman où il y aura « un meurtre » (et même deux), ce qui « mêlera » Étienne (le seul Rougon-Macquart à peu près disponible) à « la magistrature » (enquête, instruction, procès, monde judiciaire à peindre dans tous ses aspects), le tout dans le « cadre » du « chemin de fer », donnée technique incontournable du Second Empire.

L'« Ébauche » manuscrite de Zola, ainsi que les plans et l'ensemble du « Dossier préparatoire », constituent un document précieux pour traquer les mystères de la généalogie d'une œuvre littéraire. Au départ, quelques idées simples, idées-forces qui programment à la fois un certain type d'écriture et certains contenus, et que Zola consigne pour lui-même, soit sous la forme d'un long monologue enfilant les projets de canevas, soit sous la forme de certaines « fiches » synthétiques du type : « Plan définitif : Sans description, sans art visible, d'une plume courante. Cauchemar à toute la France. /

Une pointe de mystère, l'au-delà, une force inconnue — dans la réalité. / Hérédité du crime chez Jacques. Étude de la magistrature avec le Denizet. Grand poème des chemins de fer, avec la voie ferrée (3 buts). / Drame mystérieux et terrifiant sous le grand transit moderne. / À chaque chapitre, consulter les notes, Livre de L[efèvre] —[1]. »

1. F° 290 du « Dossier préparatoire ». Les « notes Lefèvre » constituent la documentation sur les chemins de fer prise par Zola d'après le livre de P. Lefèvre, *Les chemins de fer*, 1888.

Ce qui frappe à la lecture de l'« Ébauche » (une des plus longues de tous *Les Rougon-Macquart*, signe certain d'une certaine difficulté de Zola à bâtir son intrigue), c'est qu'elle ne progresse pas linéairement, par accumulation régulière, mais par contradictions de consignes (« D'abord dans le monde réel [...] un côté de mystère, d'au-delà, quelque chose qui ait l'air de sortir de la réalité » ; « Sans description, sans art visible [...] grand poème [...] consulter les notes »), par repentirs (abandon de scénarios trop mélodramatiques, comme une histoire de « pédérastie ») et retours en arrière (« Non, je reviens en arrière »), par modèles (« quelque chose de pareil à *Thérèse Raquin* » ; « un empoisonneur à la façon de la Cibot de Balzac ») et par repoussoirs (« réponse au roman russe »), comme dans un mouvement de spirale où la collecte des informations documentaires promeut et précise la mise en place des canevas fictionnels, et inversement, où les héros — héros réels sortis de la *Gazette des tribunaux* (Fenayrou, Barrême) ou héros fictifs sortis de l'imagination de l'auteur (Rougon et Macquart) — changent de nom ou permutent leurs qualifications, se dédoublent ou s'amalgament (« l'affaire

Fenayrou compliquée de l'affaire Barrême »), voire imposent à l'écrivain la réécriture de ses romans antérieurs. Ainsi l'abandon en cours d'« Ébauche » d'Étienne impose à Zola de donner un nouvel enfant, Jacques, à Gervaise. En bonne logique, il lui aurait donc fallu réécrire *L'assommoir*.

## ÉCHOS

Zola s'est vite rendu compte qu'il n'était pas vraisemblable de reprendre Étienne, quasiment « fini » (il sort de la mine avec les cheveux blancs) à la fin de *Germinal*, pour en faire une « bête humaine ». Mais certains liens, ténus, certains échos de texte à texte continueront de relier Jacques à Étienne, *Germinal* et *La bête humaine*. Le terme même d'« écho » peut d'ailleurs se laisser lire dans l'« Ébauche » de *La bête humaine :* « Il faudra tenir compte de *Germinal*, et des idées qu'il y a réunies. Donc, la partie socialiste, avec un écho[1]. » La genèse du roman se fait effectivement picturalement (des « tons » se répondent) et musicalement (des « tons », des leitmotive se répondent également). D'abord par un système de couleurs : la dominante noire et nocturne, simplement « cassée » par le rouge du sang ou des feux et par des paysages de neige, est commune à *Germinal* et à *La bête humaine*. Puis par un système de « bruits » (fracas des machines, bruit des pics, roulement des wagonnets dans les boyaux de la mine qui préfigurent ceux de la Lison dans le tunnel).

1. Voir Dossier, p. 161.

Enfin par un matériau commun, la houille : poussière de charbon qui recouvre le visage d'Étienne et de Jacques, houille que Jacques et Péqueux enfournent à grands coups de pelle dans la locomotive, et tas de charbon de la gare du Havre, où Jacques et Séverine s'aiment loin du monde, comme Étienne et Catherine se sont aimés au fond de la mine, dans « une sorte d'allée, entre des tas énormes de charbon de terre, qui en faisaient la rue solitaire d'une ville étrange, aux grands palais de marbre noir » (p. 220). Et Étienne, à intervalles réguliers, se sent traversé par des pulsions homicides qu'il ne contrôle pas, notamment vis-à-vis de son rival Chaval qu'il finit par tuer au fond de la mine. D'ailleurs, comme si l'atavique (l'avant) ne pouvait se traduire qu'en termes spatiaux, l'un des termes qui revient le plus fréquemment dans *La bête humaine*, et qui fonctionne donc comme un lointain écho de la topographie de *Germinal*, est le mot « fond », ou l'expression « au fond de... » (de la nuit, de la mort, de l'amour etc.)[1]. Par ailleurs, ce sont des phrases entières de *Germinal*, des leitmotive entiers qui pourraient passer tels quels, et sans détonner, dans *La bête humaine* : « Un vacillement pâlissait ses yeux noirs, la courte angoisse dont il couvrait l'inconnu[2] » ; « Envie / besoin de manger un homme[3] » ; « Les hommes auraient ces mâchoires de loups, ouvertes pour mordre [...] on retournerait à la vie sauvage dans les bois[4] » ; « cela remuait en lui tout un inconnu d'épouvante[5] » ; « la bête lasse et repue, accroupie là-bas comme une

1. Voir ci-après, chap. IV.

2. Pléiade, *Germinal*, III, p. 117.

3. *Ibid.*, p. 1117 et 1426.

4. *Ibid.*, p. 1437.

5. *Ibid.*, p. 1459.

idole, dans l'inconnu de son tabernacle[1] » ; « une voix abominable en lui l'assourdissait. Cela montait de ses entrailles, battait dans sa tête à coups de marteau, une brusque folie du meurtre, un besoin de goûter au sang[2] » ; « Ses yeux se noyèrent d'une vapeur rouge [...]. Le besoin de tuer le prenait, irrésistible [...]. Cela monta, éclata en dehors de sa volonté, sous la poussée de la lésion héréditaire [...] joie animale d'un appétit enfin satisfait[3] ».

1. *Ibid.*, p. 1463.

2. *Ibid.*, p. 1487.

3. *Ibid.*, p. 1571-1572.

## TOPOGRAPHIES

Contrairement à Balzac qui élabore une sorte de gigantesque roman continu en faisant passer de roman à roman ses personnages, Zola, en général, spécialise et « territorialise » beaucoup plus étroitement les siens dans les milieux qu'ils sont chargés de « donner » (maître mot des « Ébauches » et des « Dossiers préparatoires »)[4] au romancier anthropologue du réel. Étienne, curieusement, ne fréquentera à Paris aucun de ses cousins — Lisa Quenu, Octave Mouret, le ministre Eugène —, pas plus que sa sœur Nana, qui mourra d'ailleurs comme lui au milieu des chants patriotiques de la déclaration de guerre à la Prusse. On rêve de la rencontre qui aurait pu réunir la femme qui n'a pas peur des hommes, Nana, et l'homme qui a peur les femmes, Jacques.

4. Exemple : « La magistrature me serait donnée par le juge d'instruction et d'autres personnages » (f° 352).

La volonté de ne pas réutiliser un personnage qui a déjà incarné un milieu bien déterminé, la mine, a imposé à Zola le réaménagement de son arbre généalogique. D'où le nouveau rameau ajouté sur l'arbre, qui viendra modifier l'arbre généalogique déjà publié en 1878 avec *Une page d'amour*, et qui sera publié dans sa version définitive avec *Le docteur Pascal* en 1893. L'« écho » qui résonnera dans *La bête humaine* sera aussi plus celui des hurlements de la horde primitive que celui des criailleries de la Goutte d'or, celui d'une topographie « utopique » plus que celui d'une topographie parisienne, celui de la caverne plus que celui du quartier, et les personnages qui « reviennent » seront davantage des « revenants » qui viendront hanter Jacques (les hommes des cavernes et leurs instincts primordiaux) que des personnages de parents déjà vus par le lecteur de la série. Comme l'indique Zola à son correspondant Jacques Van Santen Kolff dans une lettre du 6 juin 1889, il avait primitivement prévu de donner à son roman le titre de « Retour atavique ». Deux mouvements contradictoires se mettent donc en place dès l'« Ébauche », l'un vers « l'avenir », l'autre vers le passé (l'atavisme), l'un contestant l'autre. C'est peut-être aussi quelque chose comme un « nouveau Zola » qui apparaît, un Zola qui croirait un peu moins fermement aux vertus du « progrès ».

Ce sont de tels « mouvements » abstraits, comme ce sont des personnages « abstraits » (un homme, une femme, un type...), comme c'est une topologie relativement « abstraite » (un arbre généalogique avec ses « nœuds » et ses « branches » ; un centre ferroviaire principal duquel rayonnent des voies, que remplace, dans un deuxième temps de l'« Ébauche », une seule ligne dotée de deux extrémités et d'un point médian stratégique de croisement) qui gouvernent l'imagination de Zola au moment inaugural et tâtonnant de l'« Ébauche ». Dès ce moment, on voit que ces espaces et ces mouvements qui les animent sont en concurrence avec les « cadres » et les « cas » qui, d'ordinaire, sur un mode plus statique et plus encyclopédique, régissent la genèse des romans. Comme si la prescience de l'importance qu'allaient prendre des notions également « abstraites » comme celles de vitesse, de circulation, de pulsion avait d'emblée comme « effacé » les distinctions trop fines d'une topographie réaliste. Cette notion d'« effacement » et d'« indistinction », nous allons la retrouver, centrale, tout au long du roman.

Enfin, ce qui frappe aussi à l'examen du reste du « Dossier préparatoire », c'est la faible place quantitative donnée aux notes de terrain, aux notes de lecture, aux documents techniques, bref à tout ce qui pourrait donner une couleur et un pittoresque topographique à l'histoire. Bien sûr il y en a, et Zola a été fidèle à sa méthode documentaire (notes d'un voyage Paris-Mantes en locomotive, qu'immortalisa pour ses lecteurs une pleine page de *L'Illustration* le 8 mars 1890 ; « Notes Lefèvre » sur le travail des employés d'un chemin de fer ; « Notes Thyébaut » sur la magistrature ; coupures de presse diverses concernant des accidents de trains, etc.). Mais rien de comparable avec la masse de documents réunis pour *La débâcle*, *L'argent*,

*Germinal* ou *Au bonheur des dames*. La faible place donnée en particulier à la documentation sur le monde judiciaire est frappante. Comme si Zola découvrait rapidement, au fur et à mesure qu'il « débusquait » certains thèmes (l'inconscient, les rapports entre sexualité et crime, la bestialité atavique, les intermittences de la volonté, etc.), que ces derniers ne se laisseraient pas maîtriser à l'aide d'une simple mise en fiches documentaire du réel. Roman de magistrat et de conducteur de locomotive, *La bête humaine* est sans doute tout sauf « un roman de mœurs judiciaires » et un « roman des chemins de fer » : aucun des titres essayés par Zola dans son « Dossier préparatoire[1] » ne comporte d'allusion directe ni à la thématique ferroviaire ni à la thématique judiciaire. Autre chose est bien en jeu.

1. Voir Dossier, p. 166.

## APRÈS-TEXTE

Il y a l'avant-texte. Lieu des tâtonnements, on vient de le voir, lieu où l'imagination de l'écrivain essaie des scénarios, des combinaisons, en zigzaguant à travers un système de modèles (à imiter) et de repoussoirs (à éviter), modèles et repoussoirs endogènes (les œuvres antérieures de Zola ; *Thérèse Raquin* y fait un peu l'office du « revenant » qui vient « hanter » le texte de *La bête humaine*), et modèles et repoussoirs exogènes (les œuvres des autres écrivains). Mais un texte n'est jamais clos, n'est jamais terminé. La critique et le commentaire s'en emparent, mais aussi, parfois, l'après-texte même du même romancier. Ainsi, dans le dernier roman de la série des *Rougon-Macquart*, *Le docteur Pascal*, le docteur, qui travaille sur sa propre famille, revient à plusieurs reprises sur le cas de Jacques, en présentant ce dernier à sa nièce Clotilde. Il serait intéressant de comparer la sorte de « fiche » récapitulative qu'il donne alors, à sa place dans le grand fichier « où il n'y a pas un trou[1] », avec le fichier préparatoire de *La bête humaine*. Cette fiche « parlée » par Pascal à Clotilde est une sorte de condensé des mots clés et des images clés du roman, un extraordinaire exercice de réécriture, fait d'une seule phrase, de Zola par Zola. Elle apparaît au chapitre V du roman : « Jacques, lui, apportait le crime, la tare héréditaire qui se tournait en un appétit instinctif de sang, du sang jeune et frais coulant de la poitrine ouverte d'une femme, la première venue, la passante du trottoir, abominable mal contre lequel il luttait, qui le reprenait au cours de ses amours avec Séverine, la soumise, la sensuelle, jetée elle-même dans le frisson continu d'une tragique histoire d'assassinat, et il la poignardait un soir de crise, furieux à la vue de sa gorge blanche, et toute cette sauvagerie de la bête galopait parmi les trains filant à grande vitesse, dans le grondement de la machine qu'il montait, la machine aimée qui le broyait un jour, débridée ensuite, sans conducteur, lancée aux désastres inconnus de l'horizon[2]. » Le résumé — on pourrait sans doute en ajouter d'autres[3] — constitue comme la décantation, comme l'épure, mais *a posteriori*, du roman.

1. Pléiade, V, p. 1006.

2. *Ibid.*, p. 1012-1013.

3. Voir par exemple le résumé de près de trois pages de *La bête humaine* donné à l'entrée « Lantier (Jacques) » par Chastenet dans *Les personnages des Rougon-Macquart, pour servir à la lecture de l'œuvre d'Émile Zola*, Paris, Charpentier, 1928, p. 244 et suiv. (Dossier, p. 177).

# II « LE POÈME D'UNE GRANDE LIGNE »

« L'esprit du siècle, ne l'oublions pas, est aux machines », écrit — ironiquement — Villiers de L'Isle-Adam dans l'un de ses *Contes cruels* (« La machine à gloire »). Formule à rapprocher de celle, tout aussi distanciée, qu'enregistre Flaubert dans son *Dictionnaire des idées reçues* : « Gare : s'extasier sur les gares de chemin de fer, les donner comme modèles d'architecture. » Zola, lui, prend la machine au sérieux. Certes, de même que l'utilisation de la métaphore animalière pour décrire les mœurs et passions de l'homme n'est pas propre, on le verra, à Zola, de même l'écrivain n'est pas le premier artiste à témoigner d'une véritable fascination pour les machines, et notamment pour cette « merveille[1] » qu'a inventée le XIXe siècle, la machine à vapeur. De Turner (« Le vaisseau de ligne *Le Téméraire* », 1838 ; « Pluie, vapeur, vitesse », 1844)[2] aux gares impressionnistes (pont de l'Europe et gare Saint-Lazare essentiellement) de Manet, Caillebotte et Monet, de Vigny à Hugo *(Les travailleurs de la mer)*, aux vagabonds Verlaine et Rimbaud rêvant aux paysages entrevus « courant furieusement [...] dans le cadre des portières » (*La bonne chanson*, VIII), à Jules Verne (*La maison à vapeur*, 1880 ; *Claudius Bombarnac*, 1892), Whitman, Cladel et bien d'autres[3], et jusqu'au premier film de l'histoire du cinéma de Lumière

1. Voir, dans la Bibliothèque des Merveilles de Charton, *Les chemins de fer* (1867) et *La vapeur*, d'A. Guillemin (Paris, Hachette (1873).

2. Pour une brillante analyse de ces tableaux célèbres, voir Michel Serres, « Turner traduit Carnot » dans *Hermès III. La traduction*, Paris, Édition de Minuit, 1974.

3. Voir les textes réunis dans le Dossier, p. 139 et suiv. *Claudius Bombarnac*, dont l'action se passe tout entière dans un train, se termine aussi sur un train fou courant à la catastrophe.

(*Entrée d'un train en gare de La Ciotat*, 1895), c'est tout le siècle qui se passionne pour cette vapeur qui s'expose dans toutes les galeries des machines des diverses expositions universelles, et notamment pour les locomotives, ces machines à produire de la vitesse, machines fascinantes mais aussi inquiétantes ; les journaux de l'époque comme *L'Illustration*, *Le Petit Journal*, sans parler du dictionnaire de Pierre Larousse que consulte Zola, sont remplis de descriptions d'horribles accidents ou de dramatiques faits divers. Ainsi, dans son *Grand Dictionnaire universel du XIXᵉ siècle* (1865-1875), un outil de travail qu'utilise systématiquement Zola dans la préparation de ses romans, Pierre Larousse consacre — non sans une pointe de sadisme — douze colonnes et demie aux accidents de chemin de fer et cinq colonnes aux crimes en chemin de fer (tome III, p. 1130 et suiv.), tandis que le journal *L'Illustration* consacre en 1891 plusieurs articles à des catastrophes spectaculaires, mais plusieurs articles également à la présentation de « types » professionnels d'employés (l'aiguilleur, la garde-barrière, le mécanicien). Au point que le récit de catastrophe ferroviaire est en passe de devenir un véritable poncif littéraire et journalistique — le journal *La Vie parisienne* du 15 août 1891 propose même, sous le titre « Philosophie des catastrophes », la liste ironique des ingrédients descriptifs « obligés » du motif. Mais pour la première fois sans doute dans l'histoire de l'humanité, ce n'est plus la seule nature (inondations, tremblements de terre, etc.) mais une machine créée par l'homme qui devient l'instrument incontrôlable d'hécatombes collectives.

Voies, gares, ouvrages d'art et locomotives commencent à partir de 1850 à faire partie des paysages les plus familiers pour les hommes du XIXe siècle. Tellement familiers que Zola verra, comme ses contemporains, les locomotives envahir sa bibliothèque, la plupart de ses romans devenant littéralement « littérature de gare » et paraissant, frappés d'une locomotive, dans toutes les gares de France, dans la collection du « Livre-échange » (les voyageurs peuvent les échanger dans les hôtels) ou dans la « Bibliothèque des chemins de fer » que Louis Hachette a fondée en 1852 et qui lui assurera le monopole de la distribution des livres dans les gares jusqu'en 1896 (1179 points de vente à cette époque)[1]. Zola n'aura donc pas à aller bien loin pour trouver le cadre de son roman : la ligne Paris-Le Havre passe au fond de son jardin, à Médan, et ses visiteurs prennent le train à Saint-Lazare pour venir lui rendre visite. Lui-même, à plusieurs reprises, après 1890, en prendra des photographies qui sont comme un prolongement et un commentaire *a posteriori* à son roman[2]. Et il n'est pas jusqu'aux fantasmes et obsessions, propres à l'écrivain, qui ne semblent liés à ce motif ferroviaire : par exemple ce fantasme de l'enterré vivant, qui revient dans tant de ses romans (le tunnel meurtrier en est ici la reprise, après la mine de *Germinal* ou après les angoisses de Serge dans *La faute de l'abbé*

1. « La maison Hachette me déplaît avec ses locomotives », écrit Flaubert à J. Duplan le 10 juin 1862.

2. Voir Massin et F. Émile-Zola : *Zola photographe*, Paris, Denoël, 1979, p. 40-41.

*Mouret*), ou ce fantasme de la « locomotive de diamant », qui apparaît, on l'a déjà noté, dans l'enquête « médico-psychologique » du docteur Toulouse[1]. Après tout, le terme de « vapeur » sert aussi bien, au XIXe, à parler de machines qu'à parler du Moi ou de troubles psychiques. Baudelaire : « De la vaporisation ou de la centralisation du Moi, tout est là » *(Mon cœur mis à nu)*. Pierre Larousse (article « Vapeur » de son *Grand Dictionnaire universel de* XIXe *siècle*) : « On désigne encore sous le nom de vapeurs certains dérangements des facultés intellectuelles. »

1. Voir ci-dessus p. 12.

## TRAIN ET RÉCIT

Un train, pour un écrivain, est une garantie de narrativité, et cela à plusieurs niveaux, et pas seulement comme grand pourvoyeur de faits divers tragiques. D'abord le train a, comme le récit, affaire avec le temps et ses contraintes tout autant, sinon plus, qu'avec l'espace. Sous la fiction, jamais très loin, le Chaix et ses horaires, ses correspondances, son minutage d'une temporalité idéalement parfaite. L'accident ou l'incident sont toujours possibles, toujours en creux, dans la description de tout voyage, si idyllique soit-il. Cet horaire, d'autre part, conditionne de façon plus ou moins angoissante les personnages, qui doivent s'y soumettre, sous peine de « rater » le train, avec toutes les conséquences que cela peut entraîner. Depuis le train, ensuite, le voyageur peut surprendre par la fenêtre, en traversant villes, villages et campagnes, toutes sortes de « choses vues » plus ou moins insolites ou simplement inattendues. Ensuite encore, le train signifie départ, arrachement peut-être irréversible aux douceurs du foyer, de la chambre close « familière » (p. 30), avec ses meubles « d'une propreté extrême » (p. 31), non couverts de poussière de charbon, ses boîtes de coquillages-bibelots, souvenir de la nourrice *(ibid.)*. Enfin le hasard peut faire se rencontrer dans le même compartiment toutes sortes de personnages plus ou moins hétéroclites entre lesquels peuvent se nouer toutes sortes de relations affectives imprévisibles. Le hasard (des rencontres avec les gens et les choses) et la nécessité (l'horaire) gouvernent donc le motif ferroviaire, garantissant *a priori* l'intérêt romanesque. Les cinéastes ne s'y sont pas trompés, qui ont rapidement porté *La bête humaine* à l'écran[1], et qui ont — tous genres confondus, mais pensons principalement à Hitchcock — donné tant de films « ferroviaires » à l'histoire du cinéma. Le drame, comme l'indiquent ces quelques lignes de Proust qui synthétisent bien les éléments « tragiques » du motif, forme comme la trame du train.

1. Voir filmographie, p. 188.

---

« Malheureusement ces lieux merveilleux que sont les gares, d'où l'on part pour une destination éloignée, sont aussi des lieux tragiques, car si le miracle s'y accomplit grâce auquel les pays qui n'avaient encore d'existence que dans notre pensée vont être ceux au milieu desquels nous vivrons, pour cette raison même il faut renoncer, au sortir de la salle d'attente, à retrouver tout à l'heure la chambre familière où l'on était il y a un instant encore. Il faut laisser toute espérance de rentrer coucher chez soi, une fois qu'on s'est décidé à pénétrer dans l'antre empesté par où l'on accède au mystère, dans un de ces grands ateliers vitrés comme celui de Saint-Lazare où j'allais chercher le train de Balbec. et qui déployait au-dessus de la ville éventrée un de ces immenses ciels crus et gros de menaces amoncelées de drame, pareils à certains ciels, d'une modernité presque parisienne, de Mantegna ou de Véronèse, et sous lequel ne pouvait s'accomplir que quelque acte terrible et solennel comme un départ en chemin de fer ou l'érection de la croix[1]. » On trouvera dans plusieurs passages d'*À la recherche du temps perdu* de nombreuses descriptions de « choses vues » depuis un train en marche, ou de rêveries du narrateur sur les noms propres des lieux traversés par une ligne ferroviaire.

---

De nombreux romanciers, entre 1860 et 1900, joueront de ces possibilités combinées. Courteline par exemple, avec *Le train de huit heures quarante-sept*, posera en horizon à une permission mouvementée de deux soldats l'angoisse permanente de ne pas rater le train dont l'horaire est affiché en titre. Maupassant, dans de très nombreuses nouvelles « ferroviaires », est plutôt sensible à l'événement qui peut survenir d'un arrêt imprévu (*Le rosier de Mme Husson*, qui se passe aussi sur la ligne Paris-Rouen[2]; *Un duel*), ou de la rencontre également imprévue de deux ou plusieurs personnes entre lesquelles il va se passer quelque chose *(Idylle, En wagon, Rencontre)*, ou de la « chose vue » depuis la portière du train *(La peur)*[3]. Curieusement, *La bête humaine* n'exploite que très peu ces possibilités

1. *À l'ombre des jeunes filles en fleurs*, *À la recherche du temps perdu*, bibliothèque de la Pléiade, Paris, Gallimard, 1955, I, p. 645.

2. Dans cette nouvelle de 1887, la locomotive accidentée est comparée à un cheval blessé et à « une grosse bête de fer estropiée ». C'est l'accident, qui immobilise le narrateur à Gisors, qui sera l'occasion de retrouvailles avec un ami et de la narration par celui-ci d'un récit.

3. Sur les nouvelles « ferroviaires » de Maupassant, voir A. Buisine, « Paris-Lyon-Maupassant » dans l'ouvrage collectif *Maupassant miroir de la nouvelle*, Paris, Presses de l'université de Vincennes, 1988.

narratives. Certes, l'affichage permanent d'une temporalité régissante et omniprésente crée dès les premières lignes du roman, avant même que tout enjeu narratif soit enclenché, une sorte de minutage angoissant du récit (« Le train de trois heures vingt-cinq », « l'express de six heures trente », « le coucou qui marquait trois heures vingt », « le train de Mantes qui devait partir à quatre heures vingt-cinq », « le train de quatre heures vingt-cinq pour Dieppe »). Cela a l'avantage, très habilement, de rendre quasiment synchrones ces deux temporalités incommensurables d'habitude, le temps de la lecture par le lecteur et le temps de l'aventure des personnages, donc « d'embarquer » étroitement, dès l'incipit, le lecteur dans l'histoire qui va commencer. De plus, Séverine et Roubaud ne devront absolument pas rater « l'express de six heures trente » (p. 57) et leur crime est minutieusement réglé en fonction de l'horaire et de la marche du train. Roubaud n'est pas chef de gare pour rien. Mais Zola n'exploite pas, à la différence d'un Maupassant, les rencontres de hasard faites dans un compartiment, ni la chose vue à l'extérieur depuis l'intérieur d'un train en marche : c'est plutôt même l'inverse qu'il exploitera, les visions qu'un spectateur extérieur immobile — Jacques, Phasie — surprend à l'intérieur d'un train en mouvement. Il faudra attendre la fin ultime de la série des *Rougon-Macquart*, la fin du *Docteur Pascal*, pour voir Zola construire un suspense narratif dû à l'attente d'un train qui arrivera trop tard (le train qui ramène Clotilde réconciliée auprès de Pascal mourant). Et ce n'est qu'après *Les Rougon-Macquart*, avec *Lourdes*, que Zola exploitera la rencontre de personnages qui ne se connaissent pas dans un train. Dans *La bête humaine*, face au défilé incessant de voyageurs inconnus, mais qui resteront toujours extérieurs à l'action du roman — tout le monde connaît tout le monde, tout le monde est un peu parent de tout le monde —, tout se passe comme si les regards des personnages ne pouvaient croiser que ceux de personnages déjà connus. Contre les possibilités d'une intrigue à suspense, Zola préfère le contraste et la symétrie, et préfère construire une sorte de huis clos de personnages reliés par la fatalité, en le disposant seulement au sein du grand transit moderne.

Cependant Zola sait très habilement agencer son récit. Cela, malgré toutes les déclarations du Zola théoricien qui ne cesse de « tonner » (terme flaubertien) contre tout agencement tant soit peu sophistiqué de l'intrigue, suivant en cela Flaubert, Goncourt et l'avant-garde romanesque de son temps[1]. Dans *La bête humaine*, le déroulement du temps rythmé par les horloges et les chronomètres est subtilement « cassé » par des retours en arrière, accompagnés ou non de changements de focalisation : ainsi, entre le chapitre I et le chapitre II (p. 62-63), le récit cesse de suivre Roubaud et Séverine sur le point de commettre leur meurtre dans le train, et revient légèrement en arrière

1. Sur cette question du statut de l'intrigue, voir ci-après, p. 83 et suiv.

pour suivre Jacques. De même, le terrible accident est différé au moment précis où la locomotive va percuter le fardier, au moment où Jacques essaie désespérément de faire « machine arrière » : Zola met un alinéa et revient en arrière : « Ce matin-là Jacques avait souri à Séverine », etc. (p. 366).

## LES TROIS RÉSEAUX

Toute la littérature du XIX<sup>e</sup> siècle est hantée par la représentation de l'espace et par l'exploration de ses modes de maîtrise. Des foyers biedermeieriens du roman de mœurs aux espaces exotiques d'un Loti, des phalanstères utopistes aux taudis de la banlieue, du flâneur de boulevard baudelairien aux « reporters » fin-de-siècle, de la conquête balzacienne de Paris à la conquête des espaces coloniaux ou intersidéraux (Jules Verne), c'est tout un imaginaire de la maîtrise de l'espace et de l'« acclimatation » de l'homme à son cadre de vie qui, selon le mot de Michelet, semble dominer la littérature du temps.

---

Pour Michelet (*La mer*, IV, 2, « Choix du rivage »), les deux sciences de l'avenir seront « une science de l'émigration, un art de l'acclimatation [...]. [L'homme] ne sera libre que quand cet art spécial l'aura fait véritablement l'habitant de sa planète ». De fait, c'est bien le XIXe siècle qui a inventé l'« urbanisme », le mot et la chose. Zola a beaucoup lu Michelet. C'est même dans *L'amour* (1858) de

Michelet que Zola est allé chercher certaines théories de l'hérédité, et notamment une curieuse théorie du docteur Lucas concernant l'« imprégnation » de certaines femmes par leur premier amant.

---

Derrière le projet « documentaire » de prendre « les chemins de fer comme cadre », l'image qui semble frapper d'emblée Zola, et dont, on l'a vu, témoigne l'« Ébauche » avant qu'elle ne se concrétise dans le roman, est celle du réseau et du mouvement qui l'anime : « Je voudrais garder pendant tout le roman la grande circulation d'une ligne comme accompagnement continu. Détacher tout ce drame mystérieux et effrayant sur le grand transit moderne[1]. » Il y a là une constante de l'imaginaire zolien, et la notion de réseau est aussi une notion clé à l'aide de laquelle tout le siècle se pense[2]. Déjà, dans sa préface de 1871 à son premier roman *La fortune des Rougon*, Zola employait pour décrire son projet des images et des métaphores proches de celles du réseau, disant qu'il souhaitait suivre une famille « s'épanouissant » sous le Second Empire, une famille dont il tiendrait « tous les fils », dont les membres « s'irradient dans toute la société contemporaine ». Déjà aussi, dans *La curée* (1872), Zola avait mis en scène un spéculateur immobilier, Saccard, modelant et remodelant le réseau des rues de la capitale. Dans *Le ventre de Paris* (1873), il avait décrit les Halles centrales et leur « carreau » géométrique comme une gigantesque « machine » à « avaler » et à redistribuer les aliments. Dans *Au bonheur des dames* (1883),

1. Voir « Ébauche », Dossier p. 161.

2. Voir L. Marin et A. Perset, « Du port à la gare », et P. Sansot, « Réseaux : structures ou rêveries ferroviaires », *Traverses*, Paris, n° 13, 1978.

« poème de l'activité moderne »[1], Zola avait avait décrit la grande circulation enchevêtrée des êtres, des marchandises, des capitaux et de la réclame publicitaire, décrivant le grand magasin également comme une sorte de machine à « transporter » (à faire rêver) les femmes. Mêmes flux circulatoires dans *Germinal* (1885 - descentes et remontées des mineurs dans les puits, débandades des grévistes à travers la campagne), dans *Pot-Bouille* (1882 - les ragots orduriers des domestiques transitant par la cour des cuisines pendant que les bourgeois compassés montent les escaliers de marbre), ou dans *L'assommoir* (1877 - les foules d'ouvriers qui, entrant et sortant alternativement de Paris, transitent par le carrefour de la barrière Poissonnière). Dans le roman qui suit *La bête humaine*, *L'argent* (1891), Zola retrouvera l'agent voyer et le spéculateur immobilier Saccard à la tête d'un réseau plus immatériel mais encore plus efficace de rumeurs, de réclame, d'émissions d'actions et de bruits financiers.

Le mouvement, c'est la modernité, et la modernité c'est le mouvement. Tout transite, tout bruit, tout circule, tout bouge dans l'univers de *La bête humaine*. Zola y fait alterner mouvements de brouillages (pluie, vapeur, neige, la nature y est en perpétuelle transformation), courses et « galops » des machines et des êtres : « Bruits violents de la gare, coups de sifflets, chocs de plaques tournantes, roulements de foudre, ces trépidations brusques, pareilles à des tremblements de terre, qui la secouaient avec les

1. Expression du début de l'« Ébauche » d'*Au bonheur des dames*, que l'on peut rapprocher de celle de l'« Ébauche » de *La bête humaine* : « Le poème d'une grande ligne » (voir ci-après, p. 64).

meubles, l'[Séverine] avaient affolée [...]. La gare sonore et frissonnante entrait dans sa vie » (p. 208). On songe un peu à l'univers du film (et à la musique de Honegger qui l'accompagnait) d'Abel Gance, *La roue* (1920).

Le réseau ferroviaire paraît bien être comme la concrétisation horizontale, avec ses lignes, ses embranchements, ses gares de départ et ses arrivées, de cet autre réseau que constitue l'arbre généalogique, qui comporte également embranchements, nœuds, croisements, lignées, points de départ et points d'arrivée. L'arbre généalogique, avec ses lignages, est bien un système de voies tout aussi contraignant — pour l'écrivain comme pour les personnages — que celui du chemin de fer. Zola écrit d'ailleurs, dans la préface d'*Une page d'amour*, roman où il publie une version actualisée de son arbre, que cet arbre ne lui permet — ce qui est bien sûr faux : la création tardive de Jacques le montre — « d'aller ni à droite ni à gauche. Je dois le suivre strictement, il est en même temps ma force et mon régulateur ». Selon un « mouvement » habituel à l'écriture zolienne, la métaphore, qui est connexion sémantique, met en relation les deux univers, les deux réseaux, l'anatomique et le ferroviaire : « C'était comme un grand corps, un être géant couché en travers de la terre, la tête à Paris, les vertèbres tout le long de la ligne, les membres s'élargissant avec les embranchements, les pieds et les mains au Havre et dans les autres villes d'arrivée » (p. 75). Déjà, dans *Germinal*, le mot « veine » avait suscité, pour décrire la mine verticale, des images anthropomorphiques de cet ordre.

Enfin, le roman tout entier est organisé comme un réseau où circule, bien ou mal, mais de façon intense, de l'information, le verbe « circuler » revenant à chaque instant : sonneries du télégraphe, émission et réception des dépêches qui rythment chaque action du roman ; motif de la lettre de Séverine à Grandmorin, écrite, adressée, reçue, perdue, interceptée, déchiffrée, et finalement non révélée par M. Camy-Lamotte ; bruits, cancans et rumeurs diverses qui circulent en marge de l'instruction du meurtre, soit à l'échelle de toute la ligne, soit à l'échelle de telle ou telle gare, Paris ou Le Havre : bruits à la nouvelle du crime (« Un bruit circulait tout à l'heure à la gare », p. 136), bruits qu'il s'agit d'étouffer (« Les histoires les plus extraordinaires circulaient » ; « Les bruits de vilaines mœurs qui couraient sur le président, membre du conseil d'administration, semblaient rejaillir sur ce conseil tout entier [...]. Cela redoublerait le tapage dans la presse [...] il fallait au plus tôt faire le silence », p. 129 et 192). À tout cela s'ajoutent bruits et cancans entre voisins chez les locataires dans la gare du Havre, tout entière bruissante de commérages et de rivalités pour les appartements les mieux exposés : « Une nouvelle bourrasque de commérages et de discussions soufflait dans le couloir » (p. 235) ; « vainement, jusqu'à minuit, ils avaient tendu l'oreille : aucun bruit ne sortait de chez leurs voisins » (p. 100) ; gare « où soufflait d'ordinaire un si terrible vent de commérage » ; « c'est à peine si l'on entendait le léger murmure de leurs voix » (p. 209). Aux points stratégiques de la ligne, on trouve toujours un préposé à l'émission, à la gestion, à l'interprétation et à la circulation des rumeurs : Mme Lebleu, « la voisine toujours aux aguets » (p. 323), dans la gare du Havre, Denizet et son instruction à Rouen et la Croix-de-Maufras, Camy-Lamotte à Paris.

L'imagination à la fois topographique et dynamique de Zola, qui joue volontiers sur l'exacerbation des effets par contraste et symétrie, le conduit à placer, au centre de ces divers réseaux où circulent à la fois les tares héréditaires (l'arbre généalogique), les trains et leurs voyageurs, les nouvelles et l'information, deux personnages « fixes », immobiles, sédentaires, qui participent des trois réseaux (la famille, les trains, l'information) : tante Phasie qui est paralysée, et son mari Misard dont le métier est d'être « stationnaire » (p. 67). Le texte de Zola nous présente ce dernier à la fois comme rivé à une « idée fixe » (trouver le magot caché de Phasie), comme « habité par le tic-tac d'horloge de l'idée fixe » (p. 397) et comme fossilisé « dans sa vie végétative » (p. 396), dans sa cabane de bord de voie, dans sa besogne répétitive et mécanique. Et cette absence de mouvement s'accompagne d'une absence d'information qui constitue même le seul vrai secret (non immédiatement connu du lecteur) de l'œuvre, l'une (Phasie) cachant à l'autre quelque chose qu'il essaie de découvrir. Face à eux « le monde entier défilait, la foule humaine charriée à toute vapeur » (p. 260). Et cette opposition du mouvement au non-mouvement prend aussi valeur allégorique : face au mouvement visible, la permanence de l'essence cachée, face au grand transit moderne de surface, le substrat des pulsions de mort ataviques : « ça passait, ça passait, mécanique, triomphal, allant à l'avenir avec une rectitude mathématique, dans l'ignorance volontaire de ce qu'il restait de l'homme, aux deux bords, caché et toujours vivace, l'éternelle passion et l'éternel crime » (p. 75-76). Comme le dit Phasie, en associant explicitement circulation du savoir et circulation des machines : « On va vite, on est plus savant... Mais les bêtes sauvages restent des bêtes sauvages, et on aura beau inventer des mécaniques meilleures encore, il y aura quand même des bêtes sauvages dessous » (p. 72). Cette parole de Phasie, la bien nommée, constitue comme le modèle réduit, le diagramme synthétique du roman : la tautologie (« les bêtes sauvages restent des bêtes sauvages ») y oppose la permanence et la fixité de sa formulation à l'expression d'un mouvement et d'un progrès (« plus », « meilleures »). De même que le corps de Phasie, avec ses deux « voies » par lesquelles circule le poison destiné à des bêtes (la mort-aux-rats), la voie « descendante » (orale) et l'autre « montante » (intestinale) (p. 350), constitue comme une sorte de modèle réduit de la double voie du réseau.

Il est également symptomatique que la cause de l'arrêt de toute circulation

« moderne », l'accident du train au passage à niveau, soit le fait d'une femme-fleur sauvageonne (Flore), d'animaux (des chevaux, bêtes non humaines), de pierres (« deux pierres géantes »), d'une carriole (le fardier) (p. 365), c'est-à-dire d'un groupe de facteurs formant antithèse parfaite avec ceux de la modernité (la machine, la houille, pierre qui devient vapeur, le fer, la vitesse, la machine autotractée). Ainsi forment couple, à l'endroit où tout s'arrête, Flore et Phasie, la femme immobile et la femme immobilisante. La Croix-de-Maufras concentre donc de manière exemplaire les deux lignes thématiques du roman : celle des fixités, de l'autre celle du mouvement. D'un côté des sédentaires et des confinés, « fixés » ou « cloués » aux points stratégiques du réseau — Misard, Phasie, mais aussi Mme Lebleu, « énorme » et « clouée » dans sa chambre « à cause de [ses] jambes » (p. 113-114). Victoire, « devenue énorme et difficile à remuer » (p. 108) —, de l'autre des nomades, des « roulants » en perpétuel déplacement, ou des personnages « galopant » et fuyant les autres ou « se fuyant » (p. 455) eux-mêmes.

---

Les personnages de paralytiques reviennent très souvent dans l'œuvre de Zola (tante Dide dans *Le docteur Pascal*, Chanteau dans *La joie de vivre*, Mme Raquin dans *Thérèse Raquin*...). Ce sont souvent des personnages de témoins qui, installés au cœur de l'œuvre, constituent une sorte de point névralgique dans le système des personnages de l'œuvre. Dans *Lourdes*, au premier chapitre, c'est dans le train des pèlerins que Zola placera la paralytique qui est l'héroïne de son roman[1].

---

1. Voir A. Dezalay, « Le moteur immobile : Zola et ses paralytiques », *Travaux de linguistique et de littérature*, Strasbourg, 1970, VIII, 2.

Ces deux catégories de personnages incarnent donc les deux fonctions cardinales de tout réseau, qui distribue à la fois des mouvements centripètes et centrifuges : d'un côté des nœuds et des intersections où viennent se croiser ou converger, voire se bloquer dans des accidents qui les immobilisent, et à intervalles réguliers, tous les acteurs du drame (par exemple à la Croix-de-Maufras) ; de l'autre des points de fuite vers lesquels Zola, comme pour prolonger vers des ailleurs indéterminés ou vers des possibles narratifs non réalisés, fait tendre ses personnages : Le Havre à un bout de la ligne, avec les rêves persistants de Séverine et de Jacques de s'embarquer et de fuir vers l'Amérique pour y refaire leur vie, voire les rêveries plus vagues de Roubaud (« Il fumait des pipes, en regardant, par-dessus la ville, les paquebots se perdre à l'horizon, vers les mers lointaines », p. 215), Paris à l'autre bout avec ses rues et ses trains de banlieue pleins de femmes tentatrices, où pourrait s'épanouir la bête humaine en quête perpétuelle de nouvelles victimes (voir l'épisode de Jacques suivant les femmes dans la rue et dans le train d'Auteuil, p. 304 et suiv.), Paris avec ses conseils d'administration anonymes, ses actionnaires, ses « têtes » politiques et ses réseaux de pouvoir insaisissables.

---

Curieusement, l'errance meurtrière de Jacques s'inaugure, dans ce passage, par la mention de la « rue de Londres ». Souvenir de Jacques l'Éventreur ? Le Victor de *L'argent*, fils du spéculateur Saccard, enfant meurtrier, tueur de femmes et fou errant dans Paris, « prolongera » en quelque sorte Jacques. Il est ainsi décrit : « Elle eut brusquement la vision de l'autre, rôdant un soir de noir dégel, affamé, un couteau au poing, dans quelque ruelle écartée de la Villette ou de Charonne [...], la même boue humaine reste dessous [...]. Victor, déjà, était loin, galopait là-bas, par la ville, au fond de l'effrayant inconnu [...]. Le monstre était lâché par le monde, à l'avenir, à l'inconnu, ainsi qu'une bête écumante du virus héréditaire, qui devait élargir le mal à chacun de ses coups de dents[1]. »

1. Pléiade, *L'argent*, V, p. 375-376 et 395.

De même que, à l'échelle généalogique, le réseau familial se prolonge en amont au-delà des parents de Jacques vers l'ancêtre tante Dide et vers la horde préhistorique originelle, de même il se prolonge en aval vers l'enfant de l'avenir qu'évoquera la dernière ligne du dernier roman, *Le docteur Pascal*. D'un côté la « marche à l'avenir » (c'est un des leitmotive du texte, que l'on trouvera encore presque à la dernière ligne du roman, p. 461), la « poussée » et l'« élan » de toute une société ; de l'autre la régression vers un avant, avant de la pré-histoire ou (c'est notamment le rêve perpétuel de Séverine) avant du sexe. Un réseau, chez Zola, n'est jamais un système fermé.

## COUPURES

Deux champs sémantiques sont étroitement associés par Zola à ce thème du réseau et à celui des flux circulatoires, et traversent l'ensemble du texte de *La bête humaine* :

celui de la coupure, d'une part, qui sépare ; celui du regard, d'autre part, qui relie. Mais il y a coupure et coupure, la visible et l'invisible. La coupure invisible, sous l'espèce du thème de la « fêlure », agit à l'intérieur même du premier réseau qui organise l'œuvre, celui, « vertical », de l'arbre généalogique, celui de la famille, sur lequel circulent les tares héréditaires des Rougon, des Macquart, des Lantier et des Mouret.

La fêlure désorganise, perturbe, provoque accidents et « déraillements » des êtres.

---

L'expression familière et imagée : « dérailler » (pour « devenir fou ») est parfaitement attestée au XIXe siècle. On en trouve un emploi célèbre chez Victor Hugo (qui a déjà fourni à Zola l'expression « bête humaine »), dans *Les misérables*, où le livre IV (Ve partie), dans lequel Javert se suicide, est intitulé « Javert déraillé ». Ce livre contient une longue métaphore ferroviaire où est évoquée : « le Fampoux [lieu d'un accident célèbre de chemin de fer en 1846], d'une conscience rectiligne, la mise hors de voie d'une âme [...] ; cela était étrange que le chauffeur de l'ordre, que le mécanicien de l'autorité, monté sur l'aveugle cheval de fer à voie rigide, puisse être désarçonné [...], qu'il y ait pour la locomotive un chemin de Damas ».

---

On verra plus loin, au chapitre IV, que la fêlure est aussi métaphore de la bête, qu'elle est écart et déviance, principe pur d'émiettement du moi, disjonction du conscient et de l'inconscient. Mais elle est aussi principe narratif de dramatisation des milieux et des atmosphères du roman, principe de relance du romanesque, car la coupure n'agit pas seulement, invisible, à l'intérieur du « réseau » familial et à l'intérieur de chacun de ses individus (en attaquant les « soudures » des legs héréditaires de chaque parent), elle agit aussi, bien réelle, à l'intérieur de l'autre réseau, celui où, sur le mode du système ferroviaire, circule l'information On a déjà vu que le point « crucial » du roman (la Croix-de-Maufras), occupé par deux « paralytiques », l'était aussi par un point « aveugle », celui du secret (le magot de Phasie ; l'histoire non élucidée du meurtre de Louisette, les mystères de la chambre rouge), c'est-à-dire par des sortes de « fêlures » ou de paralysies dans la bonne circulation de la vérité. Enfin, la fêlure menace aussi le dernier réseau, celui matériel, horizontal et ferroviaire, des lignes et des embranchements du chemin de fer, où elle installe comme une perpétuelle hantise professionnelle de ses personnels (les attelages des wagons dont on doit perpétuellement vérifier qu'ils sont bien « serrés » ; la fêlure des essieux à prévenir ; la coupure de la voie à éviter) et comme un paysage perpétuellement martyrisé par toutes sortes d'instruments tranchants prêts à faire couler un sang réel ou symbolique.

Le roman s'ouvre, à sa première page, sur la « tranchée » qui « troue » le « quartier » de l'Europe, sur la vision, depuis un « angle » de toit, du pont de l'Europe qui « coupe de son étoile de fer » les voies, les « branches de métal », qui elles-mêmes se « ramifient », le tout à l'enseigne fatidique d'un « grand signal rouge [qui] tachait le jour pâle », ainsi que sur une histoire de « bielle cassée » (p. 66). Le « beau couteau neuf, avec son manche en ivoire et sa lame luisante », échangé aussitôt contre le sou traditionnel « pour que leur amitié ne fût pas coupée » (p. 34), apparaît aussi dès ce premier chapitre, où s'inaugure une longue et insistante série de réitérations de ce thème de la coupure qui va courir en leitmotiv dans tout le roman : c'est le « coupé du crime » où s'installe Grandmorin, la paire de ciseaux qui coïncide avec la première apparition de Flore, sorte de Parque sauvage, occupée à « couper les nœuds » de vieilles cordes (p. 79), le corps de Grandmorin dont « une entaille profonde [...] avait coupé le cou » (p. 96), et qui gît, avec sa « tête coupée à demi » près des trains qui « se croisent » (p. 98). C'est la longue référence aux « hommes coupés par un train » des accidents qui fascinent Flore (p. 95), la description des gares avec leurs « tronçons de trains » (p. 59), l'accident, provoqué par la même Flore, au débouché de la « tranchée » de Barentin (p. 364), à un passage à niveau, c'est-à-dire à un endroit où une route coupe la voie (d'où la description de la locomotive « décousue par quelque formidable coup de corne », des chevaux « les deux pieds de devant emportés » — p. 378 — et des voyageurs découpés en morceaux épars — ici un bras isolé, ici un corps sans jambes, etc.), et son suicide (« Quelqu'un venait de se faire couper, là-bas », p. 386).

Le « nœud » même du roman, qui constitue comme son « nœud de vipères » où se nouent les trajectoires de tous les personnages, l'endroit « crucial », à mi-parcours, où les trains « se croisent », l'endroit du tunnel et du passage à niveau, la Croix-de-Maufras (la mauvaise fracture ?), est aussi l'endroit de la maison à la « chambre rouge », plantée « dans un jardin que le chemin de fer a coupé [...], posée de biais », coin de « solitude » perdu, « qu'une lieue à la ronde sépare de toute âme », « trou reculé, séparé des vivants » au débouché du tunnel qui « coupe tout chemin » (p. 63-64). La série de ces évocations, rythmée par les réapparitions des ciseaux ou du couteau, et qui ensemence donc tout le roman d'une sorte de métaphore filée de la castration qui n'est pas sans relation avec la peur des femmes de Jacques (on rêve d'une lecture de *La bête humaine* par Freud)[1], se terminera, on le sait, à la dernière page du roman, par l'évocation des corps de Lantier et de Pecqueux « coupés, hachés [...], sans tête, sans pieds, deux troncs sanglants » (p. 460), au moment précis, curieusement, où les trains français sont mobilisés et réquisitionnés pour « activer la concentration des corps » (d'armées) (p. 456). Roman qui, lui-même amputé de sa conclusion, ne se termine pas (que va-t-il advenir de ce train fou ?) et qui emmène les soldats vers cette autre forme d'amputation, celle du territoire national, vers cet autre roman titré d'une autre référence au même thème de la mise en pièces, *La débâcle*. D'où, lié à ce thème de

1. Qui, rappelons-le, était à Paris en 1885 où il suivait les cours de Charcot à la Salpêtrière. À défaut de Freud, on se reportera à l'enquête du docteur Toulouse.

la machine, de la mise en pièces, de la coupure et de la fêlure, le motif du « détraquement », celui des psychologies (dédoublement de Jacques, de Roubaud, etc.) comme celui du corps social tout entier : « Le crime [...] remontait au travers des rouages compliqués, ébranlait cette machine énorme d'une exploitation de voie ferrée, en détraquait jusqu'à l'administration supérieure. La secousse allait même plus haut [...] menaçait l'État [...] grand corps social dont la moindre fièvre hâtait la décomposition » (p. 192). Voir aussi la lente « gangrène morale » (p. 319) de Roubaud, détraqué également par la passion du jeu (p. 313), et sa « désorganisation » (p. 319 et 437) : « Il ne pouvait renouer ce que le meurtre avait tranché autour de lui » (p. 318). Seule la rhétorique (de l'auteur) peut faire régner un principe de cohésion dans un monde (celui des personnages) aussi fragmenté : la métaphore, qui est étymologiquement « transport » de significations, tisse dans tout le roman (et dans toute la série des *Rougon-Macquart* : Claude, l'artiste « fêlé » de *L'œuvre*, qui habite rue de la Femme-sans-tête, n'arrive à peindre que des « morceaux » de corps) un extraordinaire réseau de connexion rhétorique — même si c'est celle de la métaphore filée de la coupure — entre tous les éléments disjoints et décomposés de la fiction, rétablit une cohésion du sens par-delà la décomposition des référents.

Pas de réseau sans surveillance, pas de chemin de fer sans signaux auditifs ou optiques, fanaux, sifflets, drapeaux, trompes, pétards et lanternes. Pas de conduite de machine sans horaires écrits ni sans conducteurs à l'œil vigilant, « pris tout entier par la surveillance de la voie, guettant les signaux » (p. 87). La montre qui découpe le temps (celle de Grandmorin jouera un grand rôle) et le signal qui balise un tracé de voie se conjuguent ici. *La bête humaine* est le roman du « discret », au sens linguistique du terme (la distinction-différence produisant du sens), le ferroviaire s'y double d'une sémiotique, où les signaux observés ou inobservés règlent la vie (le mouvement) ou la mort (l'arrêt). Ce qui a l'air d'un chaos continu pour le profane est ordre et discontinu pour le professionnel : « Les signaux se multipliaient, les coups de sifflet, les sons de trompe ; de toutes parts, un à un, apparaissaient des feux, rouges, verts, jaunes, blancs ; c'était une confusion, à cette heure trouble de l'entre chien et loup, et il semblait que tout allait se briser, et tout passait, se frôlait, se dégageait, du même mouvement doux et rampant, vague au fond du crépuscule » (p. 56).

Le premier chapitre met en place ce mouvement sémiotisé, qui s'encadre entre « le grand signal rouge » de la première page (p. 28) et celui des dernières lignes « saignant comme des blessures ouvertes, les trois feux de l'arrière, le triangle rouge »

(p. 62). Le thème du regard lecteur ou déchiffreur de signes accompagnera donc lui aussi tout le roman : regards de jalousie, regards du juge, regards des surveillants et des employés de la ligne, regards amoureux, regards des témoins, regards d'espionnage entre voisins à la gare du Havre, etc. La phrase (à double sens, comme il y a une double voie ferroviaire) de Pecqueux qui ouvre le dernier chapitre résume et symbolise (dans ce double sens) la thématique fondamentale du roman : « Faut ouvrir l'œil quand on veut voir clair » (p. 423).

Car le regard peut avoir deux fonctions. Certes il est des regards purement « utilitaires » sur le plan de la fiction, comme celui de Roubaud aux premières pages du roman assumant, par son regard doublement désœuvré, en « hors-œuvre » (il attend sa femme qui est en retard ; il a quitté son poste de travail au Havre), la vue plongeante de la gare. Son regard n'est mentionné que pour introduire la fiche descriptive et informative en attente, pour exposition initiale du cadre où va se passer le roman, dans les notes du « Dossier préparatoire ». Roubaud, accoudé à sa fenêtre, n'est là que le truchement et le délégué de Zola, le porte-regard destiné à endosser et à rendre vraisemblable, en l'absence de l'auteur naturaliste qui ne doit en aucun cas apparaître sur la scène du texte, cette description. Ce n'est pas parce que la mère Victoire a mal allumé son poêle, qu'il fait donc trop chaud, que Roubaud va donc ouvrir la fenêtre et donc s'y accoude, et que donc il laisse errer ses regards sur la gare, qu'il y a description, mais l'inverse : c'est parce que Zola veut faire une description de la gare que Roubaud a été s'accouder à la fenêtre, parce qu'il faisait trop chaud à l'intérieur, parce que la mère Victoire avait mal allumé son poêle. Même chose pour les regards de Roubaud inspectant sa gare (d'où description de la gare du Havre au début du chapitre III), ou ceux de Jacques inspectant sa locomotive (d'où description de la Lison au chapitre V).

Mais il est d'autres regards moins strictement utilitaires et « fonctionnels », plus chargés et plus lourds dramatiquement, qui tissent dans tout le roman un extraordinaire réseau (un de plus) de regards fous, hallucinés, perdus, inquisiteurs, troublés, vacillants, « élargis », espions, professionnels, fureteurs, attentifs, etc., réseau de lignes de mire qui semble accompagner chaque personnage, même secondaire, dans la moindre de ses actions, qui semble construire autour de chacun d'entre eux une sorte de « maison de verre » (la formule, on l'a déjà noté, est de Zola lui-même) qui l'empêche de posséder la moindre intimité ou le moindre secret. Chacun voit chacun, et le lecteur en sait toujours plus que tous les personnages, et le narrateur évoquera perpétuellement « ce qu'on ne voit pas » (l'un des titres prévus par Zola pour son roman)[1]. Certes, comme se l'avoue Zola à lui-même dans l'« Ébauche », « cela tue le mystère, puisque, tout de suite, on sait qui est le meurtrier[2] ». Mais le mystère est « une ficelle du feuilletoniste [et] ne vaut pas l'intérêt du drame direct[3] », et Zola

1. Voir Dossier, p. 166.

2. Voir Dossier, p. 163.

3. Voir Dossier, p. 165.

choisira, justement pour mieux mettre en relief l'évocation de « l'inconnu » terrifiant qui est au cœur de son héros, de multiplier autour de lui la circulation de l'information sur les choses (la Lison éventrée est bien une sorte de « locomotive de diamant » dont on peut voir l'intérieur) et sur les êtres.

Pas de secret qui ne soit dévoilé (le passé de Séverine, celui de Grandmorin), pas de trésor qui ne soit découvert (Misard et Phasie), pas de meurtre qui n'ait de témoin, pas de lettre (celle de Séverine à Grandmorin) qui ne soit interceptée, pas d'adultère qui ne soit connu (la liaison de Jacques et de Séverine est connue de Roubaud, de Philomène, de Pecqueux, de Flore), pas de vérité (sauf, par ironie, pour le juge) qui ne soit proclamée. C'est « le gros œil rond » (p. 90), « l'œil largement ouvert », « l'œil vivant de cyclope » (p. 257), « l'œil [...] énorme jaillissant comme de l'orbite des ténèbres » (on dirait du Hugo) des trains, dont la mention revient perpétuellement. De même, tous les personnages du roman reçoivent, en leitmotiv récurrent, un trait descriptif touchant au regard : « yeux de pervenche » de Séverine, « yeux troubles » de Roubaud, « fumée rousse » dans les yeux « larges et noirs semés de points d'or » (p. 65, 67 et 414) de Jacques au moment de ses crises de folie meurtrière, au moment où « il voyait rouge » (p. 82), où il « s'use les yeux » (p. 190) à regarder la femme. Et ce sont aussi les yeux des deux femmes assassinées, Phasie et Séverine, qui continuent, après la mort, de regarder leurs meurtriers :

« La vue de la malheureuse, qui le regardait toujours, avec son interrogation terrifiée, lui devenait atroce. Il voulut détourner les yeux » (p. 419-420).

Voir ou ne pas voir, être vu ou n'être pas vu, tel est le dilemme de Jacques, écartelé (c'est là le propre de l'action de la fêlure) entre « le besoin de voir ça, la soif inextinguible de se rassasier les yeux de cette loque humaine, du pantin cassé, de la chiffe molle qu'un coup de couteau faisait d'une créature » (p. 94), la hantise de « voir le trou rouge » (p. 95) de la blessure, dans la « peur de devenir fou, s'il voyait » (p. 402), et ses efforts désespérés pour éteindre les lumières pendant qu'il possède Séverine[1]. Et comme pour mieux rythmer son roman, Zola aime ainsi à nouer, à certaines scènes clés de son roman, de véritables « nœuds » de regards entrecroisés, comme dans la scène de découverte du coupé du meurtre dans la gare (p. 125-126), ou dans les scènes d'interrogatoires chez le juge (p. 152 et suiv.). C'est sans doute là où se croisent les trains, là où la route croise la voie, à la Croix-de-Maufras, que convergent ou que se croisent, comme au foyer du roman, le maximum de regards : vision d'un « quart précis de second », « dans un éclair », de Jacques assistant au meurtre dans le train (p. 90), qui aura pour symétrique ce regard qu'échangent Flore et Jacques au moment de l'accident (« leurs yeux se rencontrèrent dans un regard, qu'elle trouva démesurément long », p. 366)[2]. Mais c'est chaque personnage du roman qui semble n'exister

1. Voir sur ce point M. Milner, *On est prié de fermer les yeux, le regard interdit*, Paris, Gallimard, 1991. Mélusine, Diane (Flore surprise au bain), Œdipe (Séverine ne serait-elle pas la fille de Grandmorin ?), Méduse, Psyché, tous ces « interdits de regard » analysés par M. Milner hantent *La bête humaine*.

2. Au moment précis où « le poitrail de la machine allait toucher les blocs » (p. 366), Zola suspend l'accident et revient en arrière sur un autre échange de regards : « Ce matin-là Jacques avait souri à Séverine » etc. *(ibid.)*.

qu'en tant qu'être regardant : regards attentifs à la manœuvre et aux signaux de Dauvergne dans sa « guérite vitrée » (p. 367) ou de Jacques sur sa machine (« C'était sur la voie toujours, en avant, que revenait son regard, tout à la surveillance des moindres particularités, dans une attention telle qu'il ne voyait rien d'autre [...], toutes les forces de son être étaient dans ses yeux qui veillaient », p. 200-201) ; regards jaloux de Flore (« Il avait sur lui la sensation de ses yeux ardents. Elle le voyait malgré la fumée [...]. Le train [...] était sondé, transpercé, visité de la première à la dernière voiture », p. 330-331 ; voir aussi p. 366) ; regards coupables dans lesquels essaie de lire le juge Denizet (« Avez-vous remarqué ses yeux ? Moi, c'est aux yeux que je les reconnais », p. 163) ; regards d'espionnage de Mme Lebleu épiant perpétuellement ses voisins dans la gare du Havre ; regards de tante Phasie que même la mort ne peut voiler (« vainement Misard [...] avait essayé de lui fermer les paupières : les yeux obstinés restaient ouverts [...] les yeux partout le suivaient », p. 349). Même dans la chambre tragique, en dehors de tout témoin humain, Zola place « la tache rouge du plafond [...], comme un œil d'épouvante » (p. 286). Et c'est sans doute pour faire un « clin d'œil » (jouons sur les mots) à Zola que Jean Renoir, adaptant *La bête humaine* à l'écran, a pris le contre-pied, trop systématique pour qu'il soit fortuit, de cette thématique omniprésente du regard : dans le film Gabin-Lantier est dans le train du meurtre (et non pas à l'extérieur), meurtre qui a lieu dans le tunnel (et non pas à son débouché), et il a une escarbille dans l'œil (et il ne voit rien).

## LIRE LES LIGNES ET LES SIGNES

*Nulla dies sine linea* : « Pas un jour sans [écrire] une ligne », telle était la devise d'écrivain que Zola s'était choisie, et qui était inscrite sur le manteau de la cheminée de son bureau à Médan. Cette ligne, on la retrouve dans l'« Ébauche » de *La bête humaine*, quand Zola se donne à lui-même la consigne de faire le « poème d'une ligne ». N'y a-t-il pas, inscrite dans la polyvalence même de ce mot « ligne », qui renvoie à la fois au thème ferroviaire et au thème de l'écriture, comme une sorte de « mise en abyme », une sorte d'autodescription métaphorique des actes et des éléments mêmes de toute écriture-lecture ?

Toute l'histoire de *La bête humaine* tourne autour de quelques lignes tracées, d'une main tremblante, par Séverine au début du roman :

« Elle le vit fureter dans l'armoire, en tirer du papier, une petite bouteille d'encre, une plume.

— Tiens ! tu vas écrire.

— À qui donc ?

— À lui... Assieds-toi [...] Écris [...].

Elle tenait la plume, mais sa main tremblait, sa peur s'augmentait de tout l'inconnu que creusaient devant elle ces deux simples lignes [...].

— Écris, écris » (p. 57).

Ce que « creuse » effectivement cet acte d'écriture, les deux lignes qui fixent le rendez-vous à Grandmorin, c'est tout le suspens de l'intrigue, c'est une menace qui ne va cesser de planer sur les personnages, c'est la « voie » qui pourra mener l'enquêteur à la solution de l'énigme : les deux lignes seront retrouvées, transmises à Camy-Lamotte, qui demande à Séverine d'écrire quelques lignes (« Écrivez-moi le nom, l'âge, les états de service de votre mari », p. 176), à la grande terreur de cette dernière (« À quoi bon ? [...] On aurait toujours quelques lignes d'elle », *ibid.*), lignes ensuite déchiffrées par lui (il « eut la curiosité [...] de comparer la page écrite par Séverine avec le billet sans signature. [...] La ressemblance était complète », p. 183), gardées par lui (« Il replia la lettre, la serra soigneusement, *ibid.*), enfin brûlées par lui (« Il déplia la lettre, voulut en relire les deux lignes », p. 443-444). Maître des signes et de leur mise en circulation publique, organisateur de la manipulation et de la fiction, maître de l'intrigue et donc de la vérité, Camy-Lamotte possède bien des traits de la figure exemplaire du romancier.

De plus, toujours à l'incipit même du roman, là où tout l'éventail des possibles narratifs se pose et propose au lecteur un horizon d'attente encore indécis et brouillé (le mot « horizon », le mot « éventail » et le verbe « brouiller » se trouvent à la première page), ne peut-on lire aussi comme autoréférentielle la description de ces « doubles voies qui sortaient du pont, se ramifiaient, s'écartaient en un éventail dont les branches de métal, multipliées, innombrables, allaient se perdre sous les marquises » (p. 27-28) ? Elles sont aussi l'image de l'enchevêtrement de ces « pistes », de ces « voies », de cet « écheveau » (tous ces termes reviennent avec insistance dans le roman) que devra débrouiller le juge Denizet. La « chambre » dans laquelle le lecteur « entre » à la première ligne du roman est bien, à tous les sens du terme, « salle d'attente ».

Les métaphores de l'espace et les termes empruntés au langage du dessin et de la géométrie sont, on le sait, fréquentes dans le vocabulaire des écrivains parlant de leur propre création : on trouve, sous la plume de Flaubert essayant, dans sa correspondance, de revenir pour l'expliquer sur l'échec en 1869 de son *Éducation sentimentale*, les termes dénonçant un défaut de « perspective », de « plan », de « point », de « pyramide » (lettre à Mme des Genettes, octobre 1879), ainsi que, dans son roman lui-même, au moment où Frédéric et Deslauriers font le bilan de leur vie au dernier chapitre, le terme de « ligne » (« C'est peut-être le défaut de la ligne droite, dit Frédéric. [...] Moi, au contraire, j'ai péché par excès de rectitude »). Un roman, c'est une question de lignes à écrire, de lignes à lire, de lignes d'intrigues à entrelacer, comme si un écrivain ne pouvait penser son dessein qu'en le visualisant comme dessin. La préface à *L'assommoir* (1er janvier 1877) reviendra sur cette « ligne » : « *Les Rougon-Macquart* doivent se composer d'une vingtaine de romans. Depuis 1869, le plan général est arrêté, et je le suis avec une rigueur extrême. *L'assommoir* est venu à son heure, je l'ai écrit, comme j'écrirai les autres, sans me déranger une seconde de ma ligne droite. C'est ce qui fait ma force. J'ai un but auquel je vais. » À cette date de 1877, et surtout pas dès 1869, on l'a vu, Zola n'a absolument pas encore programmé ni « arrêté », « dans ses grandes lignes », la machine de *La bête humaine*. Ces romans qui arrivent « à leur heure », qu'on « arrête » quand on veut sur leurs « lignes droites » comme des trains, sont bien là un pur fantasme d'écrivain. Mais il arrive qu'il s'incarne, métaphore prise au pied de la lettre, dans tel ou tel roman ferroviaire.

Cette machine qui court sur la ligne et qui s'appelle « Lison », ces « signaux » qui organisent les déplacements de la Lison sur la ligne, cet « aiguilleur » qui s'appelle Ozil (à une lettre près, le nom de cet autre grand aiguilleur des embranchements de l'intrigue : le romancier), ces employés penchés sur leurs écritures et sur leurs horaires, cette vieille femme installée au centre géographique de l'œuvre dont le nom (Phasie ; Ph[ant]asie, le fantasme dans la langue de Freud) renvoie étymologiquement à la fiction et à la parole, jusqu'au juge Denizet, flanqué de son exemplaire greffier, avec sa logique, ses recherches d'indices et ses dossiers, qui ressemble tant au romancier naturaliste en quête de vérité[1], tout cela donne à l'image du réseau une dimension « textuelle » certaine, image sans doute installée

1. Voir ci-après, chap. IV.

inconsciemment au creux de la gestation du roman, comme en témoignent certains mots et phrases de Zola lui-même dans sa correspondance (« Je me suis mis à mon nouveau roman : *La bête humaine*, qui a pour cadre la ligne de Paris au Havre. Cela va son petit bonhomme de chemin, mon train ordinaire[1] ») ou dans l'« Ébauche » : « Mettre d'abord l'histoire sur ses pieds. Cela me donnerait sans doute les grandes lignes que je cherche. [...] Toute la ligne qui passe devant lui. [...] Tout cela est à régler comme marche. » Cette « marche » de l'intrigue, dont le romancier omniscient et tout-puissant (destinateur de l'œuvre, il en est littéralement le Destin) « règle » (c'est un des mots clés qui reviennent le plus souvent dans l'« Ébauche ») les « lignes » et le « train », devient tout naturellement métaphore de la « destinée qui s'ébranle et part[2] ». Et ces signaux sont aussi adressés au lecteur, à ses opérations d'anticipation, de rétrospection et de prévision, comme ce « grand signal rouge [qui] qui tachait le jour pâle » aux premières « lignes » du roman, annonçant à la fois la tonalité de l'œuvre (c'en est comme la « clé » chromatique) et son contenu dramatique (le sang, le meurtre), signal (à repérer) rappelant aussi le nom « rouge » de famille taché de sang et signifiant le sang qui s'inscrit à la première ligne de la série (Rougon), signe (à déchiffrer et à comprendre), enseigne plantée à l'incipit de l'œuvre, sur son seuil, annonçant ce que le lecteur va trouver à l'intérieur. La conjonction d'un roman judiciaire (héros : un juge qui doit déchiffrer des indices), d'un roman de chemin

1. Lettre à Numa Coste, 15 juin 1889.

2. Voir Dossier, p. 165.

de fer (héros : un conducteur qui doit déchiffrer des signaux) et d'un roman « psychologique » sur les maladies de la volonté (héros : un être dédoublé qui doit déchiffrer les symptômes de sa folie intermittente) fait de *La bête humaine* un roman entièrement saturé par la thématique sémiologique, et comme le modèle exemplaire de ce « paradigme indiciaire » dont Carlo Ginsburg, en rapprochant Freud, Bertillon, Sherlock Holmes et Morelli, a situé l'émergence dans la seconde moitié du XIX^e^ siècle[1].

1. C. Ginsburg, *Mythes, emblèmes, traces* (1986), trad. franç., Paris, Flammarion, 1989.

## III CRIMES ET CHÂTIMENTS

Le roman policier est né au XIX^e^ siècle (Poe, Gaboriau, Féval)[2]. On l'appelle plutôt alors « roman judiciaire ». Son apparition est inséparable de nouvelles données sociales (l'urbanisation, les foules, la circulation, une nouvelle organisation de la police), de nouvelles lectures (la *Gazette des tribunaux*, où tant d'écrivains iront chercher le sujet de leurs romans), de nouveaux modes de lecture (les bibliothèques de gares, un trajet moyen en train, une consommation unique avec choix dans des collections comportant de nombreux titres), qui en font le « genre ferroviaire » type, y compris structurellement : importance des « signaux », importance des horaires, construction d'une sorte

2. Voir l'essai de J. Dubois, *Le roman policier ou la modernité*, Paris, 1992.

de double « ligne » d'intrigue (là aussi, il y a clivage) fondée sur deux « voies » distinctes, l'une « montante », l'autre « descendante », celle du policier — ou du juge — qui remonte des « pistes » (p. 124) pour trouver des motivations, et celle du meurtrier qui « brouille les pistes » et cherche à s'échapper[1]. Bien sûr, *La bête humaine* réaménagera les lois du genre, mais le drame de Jacques n'a-t-il pas fondamentalement à voir avec cette démarche à la fois régressive et herméneutique, cette remontée aux faits, aux origines et aux causalités passées, qui, à partir d'indices (même si ce sont ici plus des symptômes que des indices), est celle de l'enquêteur, comme l'indiquent ces titres prévus un moment pour le roman : « L'obscure origine », « Le meurtre originel », « Le mal originel », « Sans motif et sans cause », « Pourquoi l'on tue »[2]? La dialectique du progressif et du régressif, qui structure l'ensemble de la thématique de *La bête humaine*, trouve dans le roman policier son incarnation la plus parfaite : à l'accumulation progressive des crimes (Louisette a été tuée par Grandmorin, qui a été tué par Séverine, qui a été tuée par Jacques) répond la remontée de l'enquêteur (mais aussi du lecteur, mais aussi de Jacques ) vers les causes et les origines.

1. J. Dubois souligne dans son essai (*op. cit.*, p. 27) la « relation bien connue entre voyage en train et consommation du policier ».

2. Voir Dossier, p. 167.

# MAGISTRATURE

Les premiers projets de Zola esquissant les grandes lignes de ses futurs *Rougon-Macquart* prévoyaient, on l'a vu, la place d'un roman sur le « monde judiciaire ». Ce projet documentaire, bien conforme au projet d'écriture naturaliste, était imposé à la fois par le désir d'explorer le « monde à part » en la personne d'un personnage de meurtrier (un crime est donc nécessaire) et par le souci de décrire l'une des composantes importantes de la société du Second Empire, au même titre que celles constituées par les commerçants, les militaires, les bourgeois ou les ouvriers.

*La bête humaine* n'est pas le premier roman où Zola met en scène un meurtre. Presque tous ses romans en comportent, meurtres volontaires ou involontaires, donc une intrigue impliquant automatiquement enquête policière et évocation du milieu judiciaire. Mais c'est surtout le meurtre lui-même qui intéresse le romancier, et qu'il évoque dans ses causalités psychologiques cachées, dans ses mises en œuvre spectaculaires ou dans ses conséquences également psychologiques. Aussi instruction, enquête et procès sont-ils en général éludés ou très rapidement évoqués, comme dans *Thérèse Raquin*, qui précède en 1867 le cycle des *Rougon-Macquart*, et où le meurtre du mari par Laurent et Thérèse, qui passe pour un accident, ne fait l'objet que d'une vague enquête, enquête à laquelle sont associés l'ancien commissaire de police Michaud et son fils Olivier, également policier, personnages grotesques et caricaturaux[1], alors que les tourments psychologiques des deux amants meurtriers (le « malheur dans le crime », à opposer au « bonheur dans le crime » de Barbey, ou à l'« inconscience dans le crime » de *Pot-Bouille*)[2] sont longuement décrits. Même évocation rapide d'un personnage de juge, en la personne de Duveyrier, juge particulièrement répressif, dans *Pot-Bouille*, ou en la personne de l'austère père de Renée, M. Béraud du Chatel, dans *La curée*, personnages secondaires qui ne font que passer à l'arrière-plan de la fiction. Il faudra que la biographie nourrisse la fiction, après l'affaire Dreyfus, quand Zola aura été lui-même traîné en justice, condamné et exilé, pour qu'il compose, avec cette réécriture romancée de l'Affaire que constitue son dernier roman *Vérité* (1903), un véritable roman à la fois policier et judiciaire ; il y mettra en scène un juge falot, le juge Daix, qui devine la vérité mais est manipulé par sa femme, et que Zola opposera à l'instituteur, cet autre professionnel d'une « instruction » (et spécialiste des écritures), personnage à l'esprit clair et logique qui fera, lui, triompher la vérité.

Il est évident, à lire *La bête humaine*, que Zola n'a pas pu, n'a pas su ou n'a pas voulu remplir son programme d'écriture « sociologique » habituel, celui, ici, de donner un « document vrai » concernant ce monde judiciaire qu'il souhaitait décrire exhaustivement dans tous ses rouages, comme il avait déjà décrit, notes, documents et enquêtes

1. Zola, dans son « Ébauche » de *La bête humaine*, se réfère à plusieurs reprises, on l'a déjà noté, à l'intrigue de *Thérèse Raquin*, se donnant des consignes contradictoires : « faire quelque chose de pareil à *Thérèse Raquin* » et : « il ne faut pas que j'en fasse un Laurent ».

2. *Le bonheur dans le crime* est le titre de l'une des *Diaboliques* (1874) de Barbey d'Aurevilly, et l'expression « l'inconscience dans le crime » est une formule du « Dossier préparatoire » de *Pot-Bouille* que Zola applique au bourgeois.

sur le terrain à l'appui, le monde de la mine, des paysans, des artistes, ou celui du grand commerce. Comme si le « cadre » des chemins de fer et le thème de la folie homicide avaient en quelque sorte emporté dans un mouvement incontrôlable le matériau proprement documentaire du monde judiciaire. En cela *La bête humaine* marque certainement une étape importante dans le projet naturaliste zolien d'écrire, secteur après secteur, l'histoire « naturelle et sociale » d'une société[1], comme si Zola souhaitait se détacher quelque peu du procédé qui consiste à constituer des « monographies » à la fois compactes et homogènes de tel ou tel milieu (ici les commerçants, là le monde politique, ailleurs la bourgeoisie) dans autant de romans « étanches », et qu'il voulût faire des romans à thématiques plus mêlées, en « tassant » plusieurs « mondes » pour diversifier son matériau (voir sa lettre du 22 juin 1889 à J. Van Santen Kolff)[2].

1. Voir l'article de P. M. Wetherill, « Zola et l'effondrement du réalisme », *Revue des lettres romanes*, Publications de l'Université catholique de Louvain, tome LXVI, n° 3, 1992.

2. Voir Dossier, p. 159.

Comme on peut le constater dès le stade germinatif de l'« Ébauche », c'est le « cas » du fou meurtrier, ainsi que le « drame passionnel », qui vont être mis en avant par la fiction, rejetant à l'arrière-plan l'évocation du monde judiciaire qui était central dans les premiers canevas des *Rougon-Macquart* vers 1868-1869. Zola écrit en effet pour lui-même dans l'« Ébauche » : « Je voudrais que l'étude du crime chez Étienne [Jacques] dominât tout, restât centrale, d'un bout à l'autre » ; et il revient souvent sur ce point : « Je ne veux pas de procès, pas de cour d'assises. [...] Rien qu'une instruction, le parquet, la police et le juge d'instruction. Peut-être la cour d'assises à la fin, avec tout le cérémonial, pour juger Étienne [Jacques], ou un autre, innocent, acquitté ou condamné[1] ». Pour ce faire, il fallait d'abord que l'intérêt du lecteur ne se focalise pas trop sur la question classique du roman policier : « Qui a tué la victime ? » et se déplace sur la question : « Le policier va-t-il trouver le coupable ? », voire : « Qu'est-ce qu'un coupable ? ». Le lecteur, pendant tout le roman, sera « en avance » sur le juge d'instruction, donc en position critique de juge du juge plutôt qu'en position de consommateur obnubilé d'une intrigue à suspense, en position de juger d'une procédure de découverte de la vérité plutôt que d'attente du nom d'un coupable. Au fond, il n'y a dans ce roman, pour le lecteur, qu'un seul suspense, et encore : Misard cherche-t-il vraiment à empoisonner tante Phasie ? Et le seul vrai policier est, au fond, la victime elle-même, tante Phasie.

1. Voir Dossier, p. 163.

Certes, le « monde judiciaire » est bien présent, d'abord en la personne de la victime, le président Grandmorin, qui est à la fois membre du conseil d'administration de la Compagnie de l'Ouest et ancien président de la Cour de Rouen, puis de sa sœur, Mme Bonnehon, la « reine » du monde judiciaire, ainsi qu'en la personne du couple de La Chesnaye et de M. Camy-Lamotte, chef du personnel de la magistrature au ministère de la Justice et « ancien condisciple du président Grandmorin » (p. 131). Tout ce petit monde se connaît, se fréquente, se tient, au même titre que, dans le groupe des personnages « ferroviaires » (Jacques et les autres), tout le monde est un peu parent, ou cousin, ou allié, ou « pays ». Petites intrigues, petites stratégies matrimoniales de province, petites rivalités sur fond de questions d'avancement, il y a bien là tous les ingrédients classiques du non moins classique « roman de mœurs ». Mais, contrairement aux précédents romans de la série, la matière des notes documentaires sur la magistrature prises par Zola pour la préparation de son roman est très limitée et ne « passe » aussi que de manière très allusive dans le roman[1], la *Gazette des tribunaux* avec ses « cas » célèbres (Fenayrou, Barrême, « Jud », Poinsot) semblant d'ailleurs jouer un rôle plus important que la documentation proprement technique et factuelle : le « cérémonial » du procès est expédié en sept pages au dernier chapitre, et le salon de Mme Bonnehon, qui « aime dans la magistrature », ne fait l'objet que de quelques lignes d'évocation (voir par exemple p. 144).

Tout l'intérêt est concentré par Zola sur le couple Camy-Lamotte/Denizet : le premier étouffe l'affaire en dissimulant sciemment un document décisif (la lettre de Séverine à Grandmorin), le second « manque » les vrais coupables des deux crimes (voire des trois si l'on compte celui de Louisette ; voire même des quatre si l'on compte aussi celui de Phasie par Misard) et envoie un innocent (Cabuche) au bagne. Tous deux sont des traîtres à la vérité, le premier par calcul politique, le second par excès de psychologie.

1. Les notes concernant la magistrature, dans le « Dossier préparatoire » du roman, n'occupent que cinq feuillets. Les notes concernant l'instruction d'un crime, préparée pour Zola par son informateur l'écrivain Thyébaut, occupent les f[os] 601 à 637.

Le second d'ailleurs, malgré cette « toute-puissance » du magistrat dont il s'enorgueillit du début (p. 130) à la fin (p. 435), se fait manipuler par Camy-Lamotte au nom de la raison d'État, raison d'État omniprésente dans tout le roman — le roman est aussi cela, le roman de la fin d'un empire —, qui est donc le pendant symétrique de la déraison de Jacques, raison et déraison aboutissant toutes deux à un travestissement du réel et du vrai. *La bête humaine* se laisse alors lire non plus comme l'« habituel » roman de mœurs naturaliste, celui de la peinture et de la monographie d'une portion de la réalité, mais comme le roman « épistémique » d'une interrogation sur l'accès à la vérité et celui d'une réflexion désabusée sur les pouvoirs de la falsification. Nous allons y revenir.

## LE PETIT JUGE

On comprend que beaucoup d'écrivains aient été fascinés par le personnage du juge, juge assis ou juge debout, juge qui requiert et juge qui instruit, et notamment par le juge d'instruction, personnage très riche dramatiquement puisqu'il cumule en lui un très grand pouvoir (sur les autres) et la soumission à une hiérarchie (ici incarnée par Camy-Lamotte) qui lui impose souvent, par nécessité politique ou sociale, ses décisions. Balzac, que Zola cite expressément dans le « Dossier préparatoire » de *La bête humaine*, crée le personnage de Camusot et fait revenir dans plusieurs romans (notamment dans

*L'interdiction*) le pittoresque juge Popinot, qui cache sous des dehors naïfs et presque niais à la fois un cœur d'or et une merveilleuse capacité à l'analyse psychologique. Maupassant, dans sa nouvelle *Fou* (1885), met en scène, à travers son journal intime, un personnage plus inquiétant (on pense aussi au *Horla*), qui cumule à la fois les rôles de juge et de meurtrier, juge clairvoyant et respectable, meurtrier par plaisir, soumis inconsciemment à la grande loi du meurtre universel, et qui fait accuser un innocent. De Balzac à Maupassant, le personnage s'est donc considérablement enrichi et complexifié. On est passé du monde des signes à celui des symptômes, de la psychologie de la simple dissimulation sociale à l'exploration de l'inconscient, de la recherche des mobiles purement économiques et matériels (*L'interdiction* de Balzac) à celle des motivations profondes. Schopenhauer est passé par là, ainsi que les premières théories de l'inconscient.

J. Dubois définit le roman policier comme « le genre où Œdipe est roi[1] ». Le parallèle entre le juge et le psychanalyste a été établi par Freud dans « La psychanalyse et l'établissement des faits en matière judiciaire par une méthode diagnostique » (1906), texte repris dans *Essais de psychanalyse appliquée*[2] : « Chez le criminel il s'agit d'un secret que celui-ci connaît et qu'il vous cache, chez l'hystérique d'un secret que lui-même ignore et qui se cache à lui. [...] La tâche du thérapeute est [...] la même que celle du juge d'instruction ; nous devons découvrir

1. *Op. cit.*, p. 205 et suiv.

2. Trad. franç., Paris, Gallimard, 1933, coll. « Idées », 1973.

ce qui, dans le psychisme, est caché et nous avons inventé dans ce but une série de procédés de détective dont Messieurs les juristes imiteront certes quelques-uns[1]. » C. Ginsburg systématisera ce parallèle dans son étude du « paradigme indiciaire » qui, selon lui, caractérise le XIXe siècle tout entier[2]. De même, N. Schor, dans son article « Le délire d'interprétation : naturalisme et paranoïa[3] », rapprochera la démarche du psychanalyste de la « paranoïa du détail » de certains personnages de fous dans l'œuvre de Zola (Mouret dans *La conquête de Plassans*) et de cette « hypertrophie du détail vrai » (la formule est de Zola) que réclame pour lui-même l'auteur naturaliste.

Il serait intéressant de comparer *Le Horla* de Maupassant et le roman de Zola avec celui d'un de ses disciples plus ou moins dissident, Paul Adam, qui publie un an après *La bête humaine*, en 1891, un roman intitulé *Robes rouges*, roman où un procureur-narrateur tenant son journal intime (tous ces juges sont bien des écrivains) fait condamner un innocent, dans une affaire de meurtres en série (le modèle du « serial killer », Jack l'Éventreur, est toujours présent), pour assurer sa carrière politique, tout en débattant de la lutte universelle entre « forces » et « faiblesses », de mysticisme, d'hystérie, de la responsabitité des criminels, de rivalité entre méthodes d'investigation judiciaire « positives scientifiques » et méthodes « intuitives[4] ». Faisceau de thèmes qu'Adam, qui bien sûr a lu Zola, emprunte à ce dernier.

1. Freud, *op. cit.*, p. 51.

2. C. Ginsburg, *op. cit.*

3. Dans *Le naturalisme*, colloque de Cerisy, Paris, UGE, 10/18, 1978.

4. Paris, Kolb, 1891. Charcot et Schopenhauer sont explicitement cités dans le roman d'Adam. Le narrateur, qui définit le tribunal comme « une clinique morale appliquée à la faune humaine » (p. 2), parle aussi de « la bête d'instinct qui loge en [...] » (p. 3-4).

On peut donc légitimement faire de *La bête humaine* une lecture où le juge Denizet, qui apparaît au chapitre IV, deviendrait le personnage central du roman, voire d'un roman dans le roman, voire d'un roman du romanesque en général. Là aussi le « Dossier préparatoire » nous renseigne sur les intentions de Zola, et notamment sur la dimension « intertextuelle » (plus que « réaliste ») du personnage, promu à l'existence romanesque non comme une émanation du document pris sur le vif, comme la simple conséquence d'un « sujet » (puisqu'il y a crime, il faut qu'il y ait juge), mais comme un repoussoir d'autres juges livresques : « Mon juge d'instruction est un homme fin et spirituel, le type du genre de celui qui circule dans les romans [...], se perdant par trop de finesse, par ses habitudes de métier, son idée fixe du crime, son abandon professionnel de la simplicité. Un type qui sera l'ironie du fameux juge d'instruction qu'il y a dans *Crime et châtiment* et dans tant d'autres romans. [...] Toute cette ironie doit se sentir, sans que je l'explique[1] » ; « Réponse au roman russe[2] » ; « je veux montrer les erreurs et l'abus de finesse, et répondre par un type vrai au type consacré du juge d'instruction perspicace, merveilleux de flair, qu'on trouve dans les romans[3] » ; « Le juge d'instruction, trop fin, allant chercher midi à quatorze heures[4] ». Zola le présente comme quelqu'un qui « rusait trop avec la vérité simple et bonne » (p. 139) et le résume ainsi à la fin du roman : « Le juge raffinait la psychologie de l'affaire, avec un véritable

1. *Ébauche*, f° 383.

2. *Ibid.*, f° 411.

3. *Ibid.*, f° 563.

4. *Ibid.*, f° 284.

amour du métier. Jamais, disait-il, il n'était descendu si au fond de la nature humaine ; et c'était de la devination plus que de l'observation, car il se flattait d'être de l'école des juges voyeurs et fascinateurs, ceux qui d'un coup d'œil démontent un homme » (p. 440). Ce juge qui « cherche midi à quatorze heures » et qui « démonte » la machine humaine, qui suit des « mauvaises voies » (« Misard le mit sur la voie en racontant... », p. 432), ne peut donc, en bonne logique de la métaphore ferroviaire, et dans un univers aussi rigoureusement régi par des horaires et des emplois du temps minutés, que « dérailler ».

## TROIS ENJEUX

Le personnage de Denizet (est-ce pour cela qu'il porte, comme les aiguilleurs Ozil et Misard, maîtres des horaires et des trains, comme le romancier Sandoz dans *L'œuvre*, la griffe de son créateur, le Z — phonème ou graphème — du nom de Zola ?) polarise sur lui trois questions centrales à l'esthétique naturaliste. Denizet, en un sens, est un manifeste plus qu'un personnage.

La première question est celle du « sérieux » du texte naturaliste, caractère fondamental aussi bien pour les Goncourt (préface de *Germinie Lacerteux*, 1864) que pour Zola, trait qu'Auerbach, dans son grand livre *Mimésis* (1946), qui est à la fois une théorie et une histoire de l'esthétique réaliste, enregistre comme l'un des trois ou quatre critères fondamentaux de cette esthétique. « Faire vrai », en effet, ne peut passer, aux yeux du lecteur, que par une « confiance » en l'écrivain dont il lit le texte, et on ne peut croire *à* ce que dit un écrivain que si l'on peut croire *en* cet écrivain, une posture d'énonciation ironique pouvant compromettre en effet cette confiance nécessaire à l'« effet de réel ». Or Zola, en voulant faire une « réponse au roman russe », en voulant pourfendre le stéréotype du « roman-judiciaire-à-juge-perspicace-qui-devine-tout », en voulant « faire de l'ironie[1] », risque de souligner le côté intertextuel, interfictionnel parodique, donc littéraire, de son roman, compromettant ainsi ledit « effet de réel ». Les enjeux sous-jacents à ce personnage de Denizet sont donc bien littéraires : lutter contre l'influence du roman russe, qui commence à envahir les librairies du temps, dont la mode commence à compromettre l'hégémonie de l'école naturaliste et qui suscite de violentes discussions où l'on retrouve curieusement Zola, dans le rejet, au côté des critiques les plus réactionnaires et traditionalistes (et anti-zoliens) du temps.

---

Le livre de De Vogüé, *Le roman russe* (1886), a contribué à lancer cette mode. *Crime et châtiment* date de 1865 et a été traduit en français en 1885. Paul Bourget note dans sa *Physiologie de l'amour moderne*[2] : « Le goût des auteurs étrangers a commencé de se répandre et [...] la maladie du roman russe a fait ses premiers ravages ». Tourgueniev, familier de Flaubert et des Goncourt, a également servi de « passeur » entre la France et la Russie.

1. « La vérité pas admise [par le juge] parce qu'elle est trop simple *(Ironie)* », note Zola (souligné par Zola) dans son « Dossier préparatoire » (f° 358). C'est le seul exemple, avec *Pot-Bouille* (« l'inconscience dans le crime » des bourgeois), où Zola se donne explicitement une consigne d'écriture de ce type.

2. Paris, Plon, 1902, p. 119.

Voir par exemple ce qu'écrit A. de Pontmartin du roman russe (et du roman naturaliste) dans *Souvenirs d'un vieux critique*[1] ; il y commente le livre de De Vogüé et les personnages de Dostoïevski qui sont « répulsifs, incompréhensibles, ennuyeux, incohérents et absurdes[2] ».

1. Paris, Calmann-Lévy, 9e série, 1888.

2. A. de Pontmartin, *op. cit.*, p. 211.

---

Bakhtine, le théoricien de la polyphonie, s'arrête longuement dans son livre consacré à Dostoïevski sur ces problèmes : « De la psychologie de son temps — que ce soit celle de la science, de la littérature, ou de la pratique judiciaire — Dostoïevski avait mauvaise opinion. Il voyait en elle une réification de l'âme qui abaissait l'homme, ne tenant aucun compte de sa liberté [...] ; il critiquait constamment et durement la psychologie mécaniste [...] [qui] réduit la psychologie à la physiologie. [...] Mais ce qui est particulièrement révélateur, quand on veut comprendre la position littéraire de Dostoïevski, c'est sa critique de la psychologie des enquêtes et tribunaux. [...] Dans *Crime et châtiment*, le remarquable enquêteur Porfiri Pietrovitch — c'est lui qui a appelé la psychologie une " arme à deux tranchants " — ne se laisse pas guider par elle, c'est-à-dire par la psychologie des enquêtes et tribunaux mais par une intuition particulière fondée sur le dialogue, qui lui permet de pénétrer dans l'âme inachevée de Raskolnikov. Les trois rencontres de Porfiri et Raskolnikov [...] minent les bases de l'enquêteur et du criminel [...] [et constituent] un authentique et remarquable dialogue polyphonique[3]. » Curieusement donc,

3. *Problèmes de la poétique de Dostoïevski*, trad. franç. Lausanne, L'Âge d'Homme, 1970, p. 74.

Zola, en attaquant le juge de Dostoïevski, s'attaquerait à un personnage déjà « ambigu » et inscrit dans un texte déjà ironique et « polyphonique ». Peut-on faire l'ironie d'un personnage de texte ironique ?

La deuxième question est celle du « suspens » (ou « suspense ») de l'intrigue. Fabriquer un suspens du sens est également tout à fait contraire aux principes les plus affichés et les plus revendiqués de l'esthétique naturaliste, ceux de la mise en lumière et en ordre, derrière une « vitre » aussi claire que possible, des documents humains. Flaubert, les Goncourt, Zola sont unanimes à vouloir « casser » les prestiges de l'intrigue, qui apparenterait le roman qu'ils veulent promouvoir au roman à énigme, à mystère, au roman-feuilleton à rebondissements, au roman fantastique, bref aux genres qu'ils honnissent le plus. « L'imagination n'a plus d'emploi, l'intrigue importe peu au romancier, qui ne s'inquiète ni de l'exposition, ni du nœud, ni du dénouement », écrit Zola dans *Le roman expérimental* [1]. Quand Edmond de Goncourt écrit dans la préface (1875) à *Renée Mauperin* (1864) : « L'affabulation d'un roman, à l'instar de tous les romans, n'est que secondaire dans cette œuvre. » Donc pas d'intrigue policière non plus, dans la mesure où cette dernière est fondée sur le secret et sur le retardement sans cesse différé d'une solution. Il faut donc « tuer le mystère ». Mais ceci va contre les exigences du roman policier comme genre. Les autoconsignes du « Dossier préparatoire » témoignent de l'embarras et des

1. C.L.P., X, p. 1239.

hésitations de Zola sur ce point : « Un côté de mystère, d'au-delà, quelque chose qui ait l'air de sortir de la réalité[1] » ; « Commencer par le meurtre, mais [...] cela tue le mystère, puisque tout de suite on sait qui est le meurtrier[2] » ; « Je ne suis pas encore bien persuadé de la nécessité du mystère [...], l'intérêt du mystère, qui est une ficelle de feuilletoniste, ne vaut pas l'intérêt du drame direct[3] » ; « Laisser prévoir[4] » ; « Il faut laisser un mystère dans l'esprit du lecteur, qu'il doute de la culpabilité de Roubaud tout en se disant qu'eux seuls ont pu faire le coup[5] ». En un sens le (mauvais) juge, qui échafaude du « faux » (de la fiction) par excès de subtilité au lieu d'aller tout de suite au vrai (au réel), est donc un promoteur de « suspens », un fabricant de leurres, de délais, de fausses pistes, donc une sorte de feuilletoniste égaré au milieu de la grande circulation transparente du texte naturaliste (« Tout voir, tout dire, tout montrer, tout expliquer, tout dévoiler »).

Troisième question, troisième enjeu, celui de la psychologie. Zola écrit pour lui-même dans son « Dossier préparatoire » : « La psychologie cédant à la physiologie[6]. » On retrouve là l'éternelle pomme de discorde entre les romanciers naturalistes et la critique de leur temps. On connaît les formules (« Qui dit psychologue dit traître à la vérité », proclame le romancier Sandoz, porte-parole transparent de Zola, dans *L'œuvre*)[7], les accusations réitérées par la critique anti-Zola, de Barbey à Brunetière (« Il n'y a rien de si grossier que sa physiologie, il

1. « Dossier préparatoire », f° 338.

2. *Ibid.*, f° 392.

3. *Ibid.*, f° 397.

4. *Ibid.*, f° 34.

5. *Ibid.*, f$^{os}$ 63-64.

6. *Ibid.*, f$^{os}$ 345, 284 et *passim*.

7. Pléiade, IV, p. 161.

n'y a rien de si mince que sa psychologie [...], il manque de finesse psychologique[1] »), et la rage de Zola à vouloir relever le défi, notamment avec *Le rêve* et *Une page d'amour* (« Puisqu'on m'accuse de ne pas faire de psychologie, je voudrais forcer les gens à confesser que je suis un psychologue. De la psychologie donc[2] »).

Ces trois questions se recoupent. La référence au roman russe et la question de la psychologie, notamment, se recouvrent très largement dans les débats esthétiques de l'époque, toutes deux servant en général de machine de guerre contre le naturalisme, comme le prouve par exemple le titre du chapitre III, 5 de l'essai *Le réalisme et le naturalisme dans la littérature et dans l'art*, d'A. David-Sauvageot, intitulé « La psychologie, supériorité du réalisme russe »[3]. Et la question de la psychologie se recoupe avec celle de la criminalité, et particulièrement, d'une part, avec celle des tourments et des remords que ne doit pas manquer d'avoir le criminel « après » son crime — contre le roman russe, Zola mentionnera expressément que Jacques en est totalement dépourvu (p. 449) ; les tourments de Jacques sont plutôt *avant* le crime —, d'autre part avec les débats de l'époque sur les motivations et la responsabilité du criminel, sur la question du « droit au meurtre », question que Zola avait déjà effleurée dans *Nana*[4] et dont débattent des sociologues comme Tarde et Lombroso.

G. Tarde (1843-1904), grande figure de la première sociologie française, fut juge à

1. Brunetière, *Le roman naturaliste*, Paris, Calmann-Lévy, nouv. éd., 1892, p. 317. Sur l'opposition, que la critique du temps tend à radicaliser, entre « roman de mœurs » et « roman d'analyse psychologique », voir la préface de Maupassant à *Pierre et Jean* (1887) et celle de Bourget à *La terre promise* (1892) et à *La duchesse bleue* (1898).

2. « Dossier préparatoire » du *Rêve*, f° 217.

3. Paris, Calmann-Lévy, 1889. Extrayons cette formule : « Combien plus de vérité dans le roman russe » (p. 230).

4. Pléiade, II, p. 1372.

Sarlat. À travers ses écrits publiés entre 1886 et 1892 (*Criminalité comparée*, *Philosophie pénale*, *Études pénales et sociales*), Tarde polémique avec le médecin criminologue Lombroso (1836-1909), dont *L'homme criminel* (1876) est traduit en français en 1887, sur la fameuse question au « droit au crime ». Zola se réfère à cet ouvrage et au débat dans son « Dossier préparatoire », ainsi que dans le roman : « Tuer cet homme, mon Dieu, en avait-il le droit ? [...] Il dut reprendre tout son raisonnement pour se prouver son droit au meurtre. [...] Non, non, il ne frapperait pas ! » (p. 338-339). À la légitimation du crime (on tue pour des raisons rationnelles et défendables), Zola oppose donc l'irrationnel radical, totalement opaque aux élucidations de la conscience claire, de la pulsion de mort.

## DENIZET ET LE ROMANCIER

Avec Denizet, Zola ferraille donc sur plusieurs fronts (la psychologie, les théories du crime, les Russes) et fait de son personnage une sorte de héros du romanesque dans son roman. Les juges, on l'a déjà noté, sont des personnages qui fascinent les romanciers. Mais, dans le cas de Zola, la fascination est ambiguë : d'un côté le juge peut faire office de véritable modèle pour le romancier (« Nous sommes les juges d'instruction des hommes et de leurs passions », écrit Zola dans *Le roman expérimental*) ; de l'autre il peut représenter l'antithèse parfaite de ce que doit faire le romancier naturaliste (décrire objectivement, et surtout « ne pas conclure » — Flaubert —, c'est-à-dire ne pas trancher, ne pas juger, laisser les « documents humains » parler d'eux-mêmes, laisser la morale « se dégager d'elle-même » des faits)[1].

Ambigu (c'est sans doute cela l'« ironie » du personnage), Denizet l'est bien. D'abord parce qu'il est du côté de l'ironie (« extrêmement spirituel », p. 139), ensuite parce qu'il est du côté des genres « faux » (il a « une de ces bouches de comédien jouant leurs sentiments à la ville », p. 139), enfin parce qu'il est régi par un « idéal » et non par la vérité (en cela il est du côté des écrivains « idéalistes » auxquels ne cessent de s'opposer les naturalistes) : « il rusait trop avec la vérité d'après un idéal de métier » (p. 139). Denizet possède donc, à lire de près le roman, de nombreux traits, mais comme « brouillés », comme dévoyés par cet excès de finesse et de psychologie, d'un romancier naturaliste : « analyse », « enquête », « logique », « amour de la vérité » (p. 130), tels sont bien les termes appliqués à Denizet et applicables à l'un comme à l'autre. Son instruction est « un chef-d'œuvre de fine analyse » ; comme Zola sur sa locomotive, il se transporte sur les lieux ; il ne croit pas aux « histoires » et aux « contes à dormir debout » (p. 432) de Cabuche, au « roman » et au « conte » de Roubaud. Il travaille sur des « dossiers », accumule des « liasses de papiers », des « pièces » où sont minutieusement décrits « en termes scientifiques » les

1. « C'est de la morale en action, simplement », écrit Zola dans la préface de *L'assommoir* (Pléiade, II, p. 373).

faits, suit leur « marche logique », « aisée à déterminer d'avance », prévoit que certains faits doivent se produire « mathématiquement », se fait assister d'un « greffier », trouve à la Compagnie de l'Ouest (comme Zola préparant son roman) « tous les documents désirables », etc. On croirait lire *Le roman expérimental*, et Denizet a bien des points communs avec Pascal, l'homme aux dossiers bien classés du dernier roman de la série.

Le malheur, c'est que « classer » un dossier, en bons termes de justice, signifie enterrer une vérité, alors que l'expression est positive dans le cas du romancier naturaliste. Le malheur aussi, c'est que les histoires et contes à dormir debout de Cabuche et Roubaud sont vrais, et que la vérité du juge est une fiction. Face à l'écrivain naturaliste idéal qui dit le vrai et est reçu comme disant le vrai, Roubaud et Cabuche incarnent donc une sorte de romancier naturaliste « malheureux » (en termes de pragmatique des discours) : ils disent la vérité et on ne les croit pas. Phasie également dit la vérité et on ne la croit pas. Les jurés, eux, incarnent les (mauvais) lecteurs : ils croient aux « contes » et aux « romans » plutôt qu'à la vérité. Et le jugement se termine d'ailleurs « comme au théâtre » (p. 451).

On a là affaire à une sorte de « dramaturgie épistémique » généralisée mettant en scène, sur le mode dévoyé ou « malheureux », tous les dysfonctionnements de la « bonne » et « transparente » communication (la « maison de verre laissant voir à l'intérieur les documents humains bien classés »), telle qu'elle était rêvée par le théoricien du *Roman expérimental*, et notamment mettant en question la croyance au réel et la persuasion (faire croire un lecteur à la réalité et à la vérité de ce qui est dit), qui est le but même de l'écriture naturaliste. Le « type vrai » du juge, que Zola voulait mettre en scène (contre les types faux qui trouvent toujours la vérité dans les romans) est donc quelqu'un qui trouve le faux.

Cette hypertrophie de la thématique « épistémique » fait de *La bête humaine* un roman tout à fait à part dans la série, un roman — on rencontrera encore ce trait — « abstrait ». Seul le roman *L'argent*, qui suit, peut lui être en cela comparé, roman également « abstrait » tout entier consacré à la circulation des « bruits », des « rumeurs », des « jeux d'écriture », de la « réclame », des « actions », autour et à l'intérieur de la Bourse. En faisant de la circulation du faux le thème principal de son roman, Zola, cet écrivain « matérialiste », met en relief non seulement les mauvais fonctionnements de la communication d'information, mais aussi la « dématérialisation » d'un monde réductible à ses flux d'information faussés. Camy-Lamotte, le personnage « ironique » (consciemment), et Denizet, le personnage ironisé (inconsciemment), sont bien les aiguilleurs et les maîtres de ce monde-là, les garants et les machinistes d'un « décor » factice[1]. Et, pour un écrivain qui s'engagera dans l'affaire Dreyfus au nom de la Vérité et de la Justice, qui y prendra le rôle du procureur (« J'accuse »), qui finira sa vie en écri-

1. « Il veillait uniquement au décor du régime qu'il servait » (p. 177).

vant des romans intitulés *Vérité* et *Justice*, la conclusion de *La bête humaine* sonne quelque peu bizarrement : « Certes, oui, une illusion, la vérité, la justice ! » (p. 444).

Il est évident que, pour Zola comme pour n'importe quel écrivain, la thématique judiciaire ne pouvait être une thématique comme une autre, simplement prétexte à construire une intrigue à suspense, à distribuer un fichier documentaire, ou simplement prétexte à passer en revue, à la Daumier, une galerie de types de gardiens de l'ordre bourgeois plus ou moins caricaturaux. Mais la question du vrai et du faux, des pouvoirs de la fiction opposés à ceux de l'instruction, de l'être et du paraître, de l'interprétation des indices, de la puissance de l'opinion publique, de la quête d'information, tout cela apparente le « monde judiciaire » au « monde littéraire » et à ses opérations fondamentales qui consistent à produire et à recevoir de la fiction, à faire du vrai avec du faux (l'auteur, le juge), à déchiffrer des signes (le juge, le lecteur), à construire un suspens d'intérêt (qui est le coupable ?) et à enregistrer le réel (la comparaison du romancier avec un greffier revient souvent sous la plume de Zola). Avec, nécessairement, déjà classées et différenciées par le Code, la question de la vie et de la mort, celle des passions et de l'argent (crimes passionnels et crimes crapuleux), celle de la volonté et de l'inconscient (préméditations ou impulsions), bref tout le matériau privilégié de tout temps par la littérature, dont on sait qu'elle est née, avec la rhétorique, dans les prétoires plus que dans les salons ou les académies, là où la « chose » à décrire — l'étymologie nous le rappelle — est d'abord « cause ».

# IV BESTIALITÉS

Après l'ange, la bête. Après son roman *Le rêve*, dont l'héroïne virginale s'appelle Angélique, Zola va écrire un roman dont le héros portera le nom du célèbre Éventreur de Londres. De plus, Zola semble penser beaucoup à sa *Thérèse Raquin* de 1867 en composant *La bête humaine*. L'« Ébauche », on l'a vu, la citait expressément. C'est que ce roman d'avant *Les Rougon-Macquart* était déjà l'histoire d'un adultère, d'un crime passionnel, d'une enquête policière, d'un « revenant » (Camille), d'une paralytique, d'une bête omniprésente (un chat), d'un empoisonnement, d'influences ataviques de sauvagerie (dans le cas de Thérèse), et certains personnages y étaient employés à l'administration du chemin de fer d'Orléans, nébuleuse thématique que l'on retrouvera donc, mais complètement réaménagée, vingt-deux ans plus tard. Il est intéressant de remarquer que le réemploi de cette nébuleuse et la référence à la bestialité de l'humain étaient aussi présents dans le vocabulaire de Zola à l'époque, comme en témoigne encore le nom de l'héroïne du roman suivant (1868), *Madeleine Férat* (*fera* : la bête sauvage en latin), roman dont l'action se passe dans les lieux desservis par la ligne Saint-Lazare-Mantes, et dont l'héroïne, fille d'un industriel qui a fait fortune dans la construction des locomotives, est « possédée » par un « revenant », son premier amant. Comme en témoigne aussi la préface que Zola rédige en 1868 pour une deuxième édition de *Thérèse Raquin* : « Étant donné un homme puissant et une femme inassouvie, chercher en eux la bête, ne voir même que la bête, les jeter dans un drame violent, et noter scrupuleusement les sensations et les actes de ces êtres. »

« Voir la bête » : ce programme, que Zola poursuivra ensuite, et dont ses détracteurs (un Brunetière, un Barbey notamment)[1] lui feront grief, serait à rapprocher du programme quasi obsessionnel, et quasi homophone du grand modèle des écrivains naturalistes, Flaubert : « voir la bêtise[2] ». Entre bêtise et bestialité, il y a en effet plus que des connivences d'homophonie ou d'étymologie. Mais la bêtise est plus chose langagière (le cliché, le poncif, l'idée recue), liée à une socialité, à une classe (le bourgeois) et à une époque (le XIX^e^ siècle), tandis que la bête est chose des profondeurs, transhistorique, et est le propre de l'humanité tout entière plus que d'une classe. La bêtise est chose de culture, fille du « stupide dix-neuvième siècle » (Léon Daudet). La bête est chose de nature, fille de la caverne originelle. D'un côté Monsieur Prudhomme (Henri Monnier), ou Homais (Flaubert), ou

1. Barbey d'Aurevilly, l'ennemi juré de Zola (qui le lui rendait bien), parlera à propos de *La faute de l'abbé Mouret* du « naturalisme de la bête » ; et, de Courbet qu'il déteste tout autant, qu'il est « marqué du signe de la bête ».

2. Dans *Bouvard et Pécuchet* les deux héros sont saisis à un moment d'une « faculté pitoyable [...], celle de voir la bêtise et de ne plus la supporter » (chapitre VIII). Citons, pour son titre proche de celui de Zola, un succès de librairie (dix éditions dans l'année, en 1860) : *La bêtise humaine*, « roman philosophique », de Jules Noriac.

Tribulat Bonhommet (Villiers de L'Isle-Adam), dont les noms conservent quelque chose de l'humanité ; de l'autre l'inhumain à l'état pur, brut. La bestialité que Flaubert dissémine, en une sorte d'ironique bovinisation généralisée, dans les noms propres de son œuvre (Bouvard, Tuvache, Bovary, Vaubyessard...) paraît bien aimable à côté de celle que Zola déchaîne dans *La bête humaine*.

## UNE MÉTAPHORE D'ÉPOQUE

Toutes les positions théoriques de Zola reviennent toujours à revendiquer une rupture d'avec le romantisme. Mais Zola connaît son Hugo par cœur, et a sans doute trouvé l'expression « bête humaine » dans la préface de *Cromwell* (1827)[1] ou dans *Les Misérables* (1862) qui évoquent « les profondes secousses de la bête humaine vers les assouvissements » (IVe partie, « Idylle et épopée »). Il a également trouvé dans *L'homme qui rit* (1869), histoire d'un wagon roulant (la « Green Box »), le couple formé par l'homme qui porte un nom de bête (Ursus) et par le loup qui porte le nom de l'homme (Homo), croisement onomastique qui vaut symbole. Zola adoptera la formule « bête humaine », sorte de « croisement » sémantique, l'utilisant dans des contextes très divers, aussi bien pour parler, en 1868, de sa séance de pose chez Manet (« Il me copiait comme il aurait copié une bête humaine quelconque ») que pour travailler à

1. Voir Dossier, p. 130.

l'ébauche de ses romans (il veut faire d'Albine « la bête humaine amoureuse », note-t-il pour lui-même en préparant *La faute de l'abbé Mouret*), que pour parler des mœurs de son temps dans *Le roman expérimental*[1], l'attribuant parfois à Taine (« Ce qu'il appelait la bête humaine lâchée à travers la vie[2] »). Zola n'a donc pas le monopole de l'expression ; l'image constitue comme une signature d'époque, comme en témoignent de nombreux emplois chez de nombreux écrivains.

Huysmans, par exemple, emploie la formule « bête humaine » pour parler de l'art des Goncourt et de Degas qui ont su « rendre visible, presque palpable, l'extérieur de la bête humaine » (dans « L'exposition des Indépendants en 1880 »), ainsi que Jules Lemaitre en 1885, pour parler de l'ensemble de l'œuvre de Zola : « Il s'attarde aux bas-fonds de la bête humaine, au jeu des forces du sang et des nerfs en ce qu'elles ont de plus insultant pour l'orgueil humain » (repris dans *Les contemporains*, 1re série). La nouvelle de Maupassant *Fou* (1882), nouvelle où le narrateur jaloux d'un cheval tue sa femme et l'animal, contient un emploi intéressant de la formule, appliquée à la femme, décrite comme une créature « bestiale, immonde [...], l'animal sensuel et faux chez qui l'âme n'est point, chez qui la pensée ne circule jamais comme un air libre et vivifiant, elle est la bête humaine ». Même formule, toujours chez Maupassant, dans *En wagon* (1885), en parlant d'un nouveau-né, et dans *La peur* (1884), appliquée à une

1. Texte de 1880 : « La bête humaine est la même partout. Le vêtement seul diffère » (C.L.P., X, p. 1331.

2. C.L.P., XII, p. 611-612.

vieille femme folle vivant nue dans une rivière, et variation humoristique sur le thème dans *La bête à Maît'Belhomme* (1885). Tous ces emplois, on le voit, précèdent le livre de Zola, et peuvent s'appliquer indifféremment à toutes sortes d'êtres. On trouvera aussi l'expression sous la plume de Rosny aîné, disciple dissident de Zola, qui l'oppose à la vie autonome de la société, « bête plus vaste que la bête humaine » individuelle (*La charpente*, 1900), ou sous la plume de Camille Lemonnier[1], disciple belge de Zola (notamment dans le roman *L'homme en amour*, 1897). Maupassant, rendant compte du roman *Un mâle* de C. Lemonnier, emploiera d'ailleurs dans une chronique du *Gaulois* (4 octobre 1881) l'expression « une espèce de bête humaine » pour parler du héros de ce roman. Gustave Guiches, autre dissident du naturalisme, publie en 1887 un roman intitulé *L'ennemi*, pour lequel il avait prévu à l'origine le titre de « La bête », titre auquel il a renoncé pour cause de publication contemporaine d'un « roman de psychologie académique également appelé “ La bête ” » (préface). Le terme, on le constate, est à la mode.

Zola a cependant beaucoup hésité avant de s'arrêter à son titre définitif, comme le prouve sa lettre du 6 juin à J. Van Santen Kolff[2], comme le prouvent surtout le « Dossier préparatoire » et les listes de titres qu'il a alignées dans ses brouillons[3]. Les champs sémantiques du progrès (« Pour le progrès », « Les dessous du progrès », « L'humanité en marche », « Peuples en

1. Voir Dossier, p. 135.

2. Voir Dossier, p. 157.

3. Voir Dossier, p. 166.

marche ») et du sang (« La soif du sang », « Du sang quand même et toujours », « Fleur de sang », « Dans le sang ») l'ont particulièrement arrêté. Beaucoup de ces titres filent déjà cependant la métaphore de l'animalité : « Les carnassiers », « Les fauves », « Le coup de dents », « Le cri de la bête », « Les griffes de la bête », « La bête qui mord , « Mordre », « Bêtes fauves ». L'expression « Bête humaine », en forme d'oxymore (l'alliance de deux termes contradictoires), et a priori ambiguë (une bête qui aurait des aspects humains, ou un humain qui aurait des aspects bestiaux ?), a donc été plus par lui (inconsciemment, mais tout le roman n'est-il pas sous le régime de l'inconscient ?) retrouvée — puisqu'il l'avait déjà employée plusieurs fois auparavant dans de nombreux contextes différents, et qu'il l'avait lue chez d'autres — que (consciemment) trouvée[1].

1. Pour une analyse minutieuse de ces listes de titres, voir l'article de C. Duchet paru dans la revue *Littérature*, n° 12, 1973.

*Homo homini lupus* : « L'homme est un loup pour l'homme. » La citation de Plaute (*Asinaria*, v. 495 : « Quand on ne le connaît pas, l'homme n'est pas un homme, mais un loup pour l'homme ») transparaît derrière certains titres que Zola essaie dans ses brouillons préparatoires, comme « Le réveil du loup », ou « L'homme mangeur de l'homme ». Le mot « loup » apparaît plusieurs fois à l'intérieur du roman. Le parallèle entre l'homme et l'animal est un lieu commun de tous les discours philosophiques, religieux ou moralisateurs. Tous les discours de représentation de l'homme et de ses passions, qu'il soient picturaux (voir les galeries de types humains animalisés dressées au XVIIe siècle par le peintre Le Brun ; mais voir aussi les caricatures au XIXe siècle, notamment celles qui vont exploiter le thème de la « ménagerie impériale », ou celle, plus surréaliste, d'un Granville) ou littéraire (voir le genre de la fable), le reprendront à leur compte. Le Leconte de Lisle des *Poèmes barbares* (1862) sera lui aussi fasciné par l'animalité, et la tradition du roman de mœurs et du roman réaliste en général va également l'exploiter. Dans *Son excellence Eugène Rougon* (1876), où Zola décrit une scène de chasse avec « curée » à Compiègne, Eugène, qui incarne le régime autoritaire de Napoléon III, rêve de diriger une ferme et de commander à des animaux[1], et le terme de « curée », que Zola utilise dès 1872 pour donner un titre à l'un des premiers romans de sa série, et qu'il a peut-être été chercher dans un poème de Barbier, revient souvent sous sa plume pour symboliser le Second Empire dans son ensemble. La vogue et la vulgarisation de certaines formules darwiniennes accentueront encore chez lui, comme chez beaucoup d'autres écrivains tout au long du siècle, la diffusion de cette métaphore filée.

1. La scène de curée se trouve au chapitre VII du roman.

---

Le parallèle entre l'homme et l'animal peut se faire, tout au long du siècle, selon le mode de la dérision ou selon le mode sérieux du discours anthropologique. Voir le *Muséum parisien* de Louis Huart (1841), « Histoire physiologique, pittoresque, philosophique et grotesque de toutes les bêtes curieuses de Paris et de la banlieue ». En revanche, le narrateur polymorphe de *Une saison en enfer* de Rimbaud revendique volontiers, comme celui des *Chants de Maldoror*, l'animalité momme une conquête ou l'expression d'un « mauvais sang » : « J'ai fait le bond sourd de la bête féroce » (« Prologue ») ; « Je suis une bête, un nègre » (« Mauvais sang »). Clin d'œil à Balzac, on trouve au début de la série de Zola, dans *La fortune des Rougon*, une scène où le docteur Pascal, le scientifique « sain » de la famille, observe avec un œil d'entomologiste les visiteurs du « salon jaune » provincial de Félicité, et assume une longue description du physique des personnages à l'aide d'un lexique animalier[1]. Nana, dans le roman qui porte son nom, sera appelée « la mouche d'or ». Un livre d'époque parmi d'autre : *La bête comparée à l'homme*, par le P. de Bonniot[2].

1. Pléiade, I, p. 96.

2. Paris, 2e éd., 1889.

## ANIMALITÉ OU BESTIALITÉ

Zola, dans ses notes et projets de 1868-1869, évoque, dans son bref mémorandum à usage interne intitulé « Différences entre Balzac et moi »[3], la comparaison que Balzac fait de l'humanité avec l'animalité dans l'avant-propos (1842) à sa *Comédie humaine*. Songeant déjà à la liste de ses futurs romans « à faire », il imagine, en marge de ses notes sur l'hérédité qu'il vient de prendre dans le docteur Lucas, la possibilité de « donner une importance aux animaux dans les romans. Créer quelques bêtes, chiens, chats, oiseaux. Il y a des fous et des imbéciles parmi les chiens, comme il y a des génies chanteurs parmi les oiseaux[4] ». Sandoz, le romancier de *L'œuvre* qui a tant de points communs avec Zola, rêvera lui aussi de décrire « la vie totale, la vie universelle qui va d'un bout de l'animalité à l'autre », et au terme de la

3. Pléiade, V, p. 1736-1737. Voir aussi la caricature que Gill, dans le n° 4 (vers 1878) de ses *Hommes d'aujourd'hui*, donne de Zola saluant un buste de Balzac (qui lui rend son salut).

4. Pléiade, V, p. 1723.

série le docteur Pascal, commentant pour Clotilde son arbre généalogique, regrettera de n'avoir pas mis dans son « arche » « l'animalité, la bête qui souffre et qui aime, qui est comme l'ébauche de l'homme, toute cette animalité fraternelle qui vit de notre vie. [...] Ah ! l'animalité, tout ce qui se traîne et tout ce qui se lamente au-dessous de l'homme, quelle place d'une sympathie immense il faudrait lui faire, dans une histoire de la vie[1] ! » Passage ambigu : la bête est-elle « avant » l'homme (son « ébauche »), « au-dessous » de l'homme, « à côté » de l'homme (l'animal domestique) ?

1. *Ibid.*, p. 1019-1020.

Deux possibilités s'ouvrent donc au romancier : donner de l'humanité aux animaux et donner de la bestialité aux humains. De fait, Zola met très souvent en scène dans sa série des animaux « humanisés » (cheval de *Germinal*, chats de *Thérèse Raquin* et de *La joie de vivre*, coq de *La faute de l'abbé Mouret*, pouliche de *Nana*, etc.)[2], comme le fait aussi Maupassant (voir sa nouvelle *Coco* et ses nombreuses nouvelles de chasse), ce qui revient d'ailleurs à la deuxième solution (montrer la bestialité dans l'homme), solution qui a ses préférences, car montrer l'humanité des bêtes revient bien, par effet repoussoir, à mettre en relief la bestialité de l'humain. Le titre des traductions anglaises du roman, *The Beast in Man* (La bête dans l'homme), est en ce sens moins ambigu — mais aussi moins riche — que l'ambivalent titre français retenu par Zola. Et ce que Zola va sans doute découvrir en écrivant son roman, c'est

2. Le *Dictionnaire des personnages des Rougon-Macquart*, édité par l'éditeur Charpentier en 1928, enregistre, à côté des personnages « humains », les principaux animaux de la série.

que la bestialité est tout autre chose qu'un simple bestiaire métaphorique et pittoresque, que la simple acclimatation des catégories de Buffon, de Lamarck ou de Cuvier dans la littérature, que la bestialité est d'une tout autre nature que l'animalité.

## UNE MÉTAPHORE FILÉE

Zola, c'est d'abord un texte, et un texte c'est une rhétorique avant d'être un traité philosophique. Avant d'être concept, la bête est une métaphore. Mais comment interpréter fonctionnellement cette métaphore de la bestialité ? Chez Zola, mais aussi chez bon nombre de ses contemporains, on a un peu l'impression que la référence à la bête est une sorte de métaphore passe-partout pour désigner toutes les hantises, toutes les causalités inconnues, tous les inconnus terrifiants d'une époque : le peuple, la folie, la nature, l'inconscient, le sexe, la machine. le capital, la bêtise, etc. Lukács, qui n'aimait pas Zola, qui n'aimait pas les descriptions « inhumaines » de ce dernier, auquel il opposait toujours Balzac, Tolstoï ou Thomas Mann, avait bien noté, tout en la restreignant sans doute un peu trop, cette fonction polyvalente de la référence à la bestialité : « La méthode descriptive est inhumaine. [...] La mise en relief de l'animalité est chez Zola une protestation contre la bestialité du capitalisme, dont il ne comprenait pas les causes. Mais cette protestation aveugle tourne dans la figuration à la fixation de

1. Dans *Problèmes du réalisme* (1936), trad. franç., Paris, L'Arche, 1975, p. 159.

l'inhumain, de l'animalité[1]. » Dans *La bête humaine* il s'agit sans doute plus de sexe que de capitalisme, mais les deux référents y sont inextricablement mêlés.

Toutes les « forces », celles du pouvoir, celles du savoir, celles du désir, participent chez Zola, à un degré ou à un autre, de la bête, et tous les personnages qui en incarnent une dans la série sont systématiquement décrits avec des métaphores empruntées à la fois à l'inconscience et à l'animalité. Ainsi — pour ne citer que l'un des plus importants — de Nana, incarnation des puissances du sexe (mais elle-même est quasiment frigide), dont un leitmotiv fait, dans le roman qui porte son nom, une « force inconsciente d'elle-même », une « bête d'or » dont on évoque perpétuellement la « croupe » et les cuisses de « cavale ». Cette métaphore, et la métaphore est le mode rhétorique de circulation du sens, circule de roman à roman. Elle circule aussi dans ce texte de circulation qu'est *La bête humaine*, d'un personnage à l'autre, d'un objet à l'autre, des personnages aux objets, donnant au roman son ciment rhétorique et sa cohérence profonde. Ainsi le premier chapitre s'inaugure sur un objet minuscule qui a circulé (c'est un cadeau) et qui va déclencher tout le drame et les premières fureurs de la première « bête humaine » à entrer en scène, Roubaud : la bague de Séverine, qui représente « un serpent d'or à petite tête de rubis », bête-bijou qui est certes l'indice des « cochonneries » de Grandmorin (voir son leitmotiv : « Cochon ! cochon ! cochon ! »,

p. 293), mais où l'on peut lire aussi comme le rappel symbolique des accointances d'Ève et du serpent.

Une « microlecture » de l'ensemble de ce premier chapitre montrerait aisément la contamination générale de l'ensemble du texte par cette thématique de l'animalité : Roubaud commence par appliquer le terme, par tendresse, à Séverine (« Bête, est-ce qu'on saura ? »), avant de devenir une « brute inconsciente de sa force » : « il ne se possédait plus, battait le vide, jeté à toutes les sautes du vent de violence dont il était flagellé, retombant à l'unique besoin d'apaiser la bête hurlante au fond de lui ». Séverine a alors l'impression d'avoir devant elle « un loup, un être d'une autre espèce. [...] Ce qui l'épouvantait, c'était de sentir l'animal [...] prêt à mordre ». Et la scène se déroule « à cette heure trouble de l'entre chien et loup », dans un Second Empire rendu « ombrageux » par la montée des oppositions, dans une chambre située au-dessus de l'appartement des Dauvergne avec sa cage « pleine d'oiseaux des îles », chambre où un « coucou », inscrit progressivement la montée de la jalousie de Roubaud venu à Paris régler une affaire de sous-préfet chasseur monté en contravention dans un wagon de première avec son chien[1].

Symétriquement, et pour ne parler que des points stratégiques de l'œuvre, le dernier chapitre se clôt sur un texte tout aussi saturé d'images semblables, sur une locomotive devenue une « bête aveugle et sourde lâchée parmi la mort », « cavale indomptée », « galo-

1. Pour une étude des métaphores animales chez Zola, voir P. Bonnefis, « Le bestiaire d'Émile Zola », *Europe*, n° spécial « Zola », avril-mai 1968.

pant » et emmenant à la catastrophe, dans des « wagons à bestiaux », son « bétail humain » de soldats. Entre cet incipit et cette clausule, c'est tout le détail du roman dans son entier, lieux, personnages, objets, actions, paysages, qui se tisse de cette métaphore : Cabuche est tantôt « un bon chien », tantôt « un vrai loup », voire « un loup-garou » « énorme et bestial », qui a des « sursauts de bête attaquée », ou un « hérissement fauve de bête traquée » (p. 157) ; Misard est « un insecte rongeur » (p. 396) ; Flore, malgré son nom qui l'attache au règne végétal, est « une chèvre échappée de sa montagne » (p. 357) ; Séverine est « une jolie bête domestique qui remercie et flatte » (p. 193), une « chatte » (p. 328), ses bras entourent le corps de Jacques « ainsi que des nœuds de couleuvres vives » (p. 287) ; La Croix de Maufras est un « pays de loups » (p. 270) ; la Lison est tantôt « une cavale vigoureuse et docile » (p. 196), une bonne bête que l'on astique « de même qu'on bouchonne les bêtes fumantes » (p. 197), tantôt « une bête domptée dont il faut se méfier toujours » (p. 201), qui finit comme « une cavale monstrueuse, décousue par quelque formidable coup de corne » (p. 369), et qui sera remplacée à la fin par une nouvelle locomotive, « jeune cavale rétive » (p. 423). Le terme qui revient le plus fréquemment dans le roman est certainement le verbe « galoper » (ou le substantif « galop »), qui sert aussi bien à décrire Jacques fuyant Flore et courant à travers la campagne (« Il monta au galop le sentier d'une côte », p. 83 ; « galopa au travers de la campagne noire, comme si la meute déchaînée des épouvantes l'avait poursuivi de ses abois », p. 89) que la marche de la Lison (p. 247) ou les vagabondages de Flore (p. 382). Plus que voué à tel ou tel animal-totem, le personnage zolien tend au caméléon, changeant de référence en fonction des milieux ou des « atmosphères » qu'il traverse.

## ORIGINES

La question de la bestialité est liée chez Zola à la question plus générale des origines, davantage qu'à celle, plus étroite, de l'hérédité. Curieusement, il y aurait chez Zola, peut-être, comme une rémanence de la notion de péché originel, presque dans les termes où l'expose Baudelaire dans *Mon cœur mis à nu* : « Théorie de la vraie civilisation. Elle n'est pas dans le gaz ni dans la vapeur [...], elle est dans la diminution des traces du péché originel. » Comme l'hérédité, comme le péché, la bête c'est ce qui fait retour, c'est ce qui scinde et divise l'homme en deux entités antagonistes, l'une dessous (invisible), l'autre dessus (visible), mais qui vient de plus loin que tel ou tel parent ou ancêtre. On est donc loin, ici, de la théorie (qui remonte à Aristote et Hippocrate) des tempéraments, qui régissait encore, dans *Thérèse Raquin*, l'opposition entre Thérèse la nerveuse et Laurent le sanguin. Plus question ici d'humeurs, de mélancolie, d'emportements sanguins ou de crises nerveuses, d'équilibres ou de déséquilibres. Plus question même de ces fameux « nerfs », éléments majeurs du corps « moderne » autour de 1860-1870, perpétuellement invoqués par la plupart des romanciers réalistes et naturalistes (notamment les Goncourt). Le « ventre » et « l'éventrement », qui sont les leitmotive de *La bête humaine*, ne sont plus liés à la matrice de la femme hystérique, type féminin de prédilection du roman naturaliste. Ce qui agite et meut les personnages de *La bête humaine* est plus « abstrait », malgré la « couverture » métaphorique de la bestialité, cela vient à la fois de plus profond (l'inconscient comme en deçà du corps) et de plus loin (la horde primitive comme pré-histoire et au-delà de l'individu). L'homme humoral et ses liquides, l'homme neuronal et ses câblages commencent à laisser la place à l'homme primordial des pulsions et des répulsions. L'ancienne « psychologie », avec ses motivations, ses débats intérieurs, ses remords et ses regrets, ses « tempêtes sous un crâne » à la Hugo, et même la physiologie classique — celle que Zola invoque encore dans son « Dossier préparatoire » — sont ici récusées et dépassées. L'arbre généalogique, avec sa grammaire et sa syntaxe de combinaisons bien lisibles, le manuel du docteur Lucas à la main, éclate ici et prend d'autres dimensions. Il change, si l'on peut dire, d'échelle. Plus question d'affecter à l'origine de la fêlure tel ou tel parent alcoolique ou taré, nommable et identifiable sur l'arbre, comme c'était le cas pour la folie homicide d'Étienne dans *Germinal*, qui était systématiquement référée à ses parents et grands-parents alcooliques. Ni Gervaise ni Coupeau ni Lantier ne sont ici invoqués comme « revenants », et la référence à l'alcoolisme ne survient qu'une fois et très fugitivement (p. 85). L'arbre n'a plus de racine, il s'ouvre vers un « avant », vers une sorte de « trou noir » d'avant l'Histoire, là où s'origine « une sauvagerie qui le [Jacques] ramenait avec les loups mangeurs de femmes, au fond des bois » (p. 85) : « Cela venait-il donc de si loin, du mal que les femmes avaient fait à sa race, de la rancune amassée de mâle en mâle, depuis la première tromperie au fond des cavernes ? » (p. 86). La caverne est donc féminine. Comme dans « Barbare » (*Illuminations*, 1886) de Rimbaud (« La voix féminine arrivée au fond des volcans et des grottes arctiques »), comme dans le tableau de Courbet représentant un sexe de femme et intitulé « L'origine du monde » (1866), il ne peut y avoir qu'une femme, qu'un ventre de femme, à l'origine[1]. « Manger une femme » (l'expression revient souvent) peut alors être lu comme l'inversion d'« être expulsé par une femme ». Vengeance contre le traumatisme de la naissance ? Fixation, ou régression, à un stade oral du développement du moi ? « Vengeance », par « rancune », d'une ancienne « offense », tels sont les trois mots « abstraits » que Zola emploie toujours en leitmotiv (p. 86 et *passim*) pour caractériser cette sorte de « noyau » opaque de signification, le « trou noir » (la « porte d'épouvante ») qui est à l'origine de la pulsion de mort chez Jacques.

1. Voir Dossier, p. 135.

Zola anthropophage ? Il est intéressant de noter que Zola (qui était, sa biographie nous l'apprend, un grand boulimique) prendra à son compte, sous la forme d'une métaphore apaisée, mais fortement érotisée, ce thème de la dévoration de la femme. Elle se trouve dans la dédicace non officielle (l'officielle, imprimée, dédicace le roman à sa mère et à sa « chère femme »), manuscrite, faite par Zola sur un exemplaire du *Docteur Pascal* donné à Jeanne Rozerot, sa maîtresse et la mère de ses enfants : « À ma bien-aimée Jeanne, à ma Clotilde [c'est le nom de la jeune héroïne du roman], qui m'a donné le royal festin de sa jeunesse et qui m'a rendu mes trente ans, en me faisant le cadeau de ma Denise et de mon Jacques [...]. » On le remarquera aussi, Zola donne à son deuxième enfant (né le 25 septembre 1891) le nom du personnage principal, « mangeur de femmes », de *La bête humaine.*

---

Certes, avec *La bête humaine*, Zola participe aussi à un genre littéraire, indirectement et par anticipation, et à ce qui se dévoiera en mode : celle de la fascination fin-de-siècle pour un certain « primitivisme » : celui des romans préhistoriques de Rosny (*La guerre du feu*, *Helgvor du fleuve bleu*, *Vamireh*) et autres « romans des âges farouches », celui de certains artistes qui iront chercher soit dans un ailleurs (Gauguin), soit dans un « avant » (les peintures préhistoriques d'un Cormon, les sculptures d'un Frémiet) leur inspiration. Jules Lemaitre a sans doute raison de parler, à propos du roman, d'« épopée préhistorique sous la forme d'une histoire d'aujourd'hui[1] ». Mais la façon dont le texte zolien procède par métaphores et abstractions, par termes abstraits (« force »,

1. Voir Dossier, p. 169.

« inconnu », « épouvante », « gouffre », « frisson abominable », « évanouissement » — par là Zola retrouve les accents stylistiques des grandes descriptions « négatives » d'un Hugo) l'empêche de sombrer dans tout pittoresque archéologique.

## PAR-DELÀ LE BIEN ET LE MAL

Zola et son roman sont contemporains de Jack l'Éventreur, mais aussi contemporains d'un autre Anglais, Stevenson, qui publie en 1886 son *Dr Jekyll et Mr Hyde*, autre grand roman de la dépossession par des forces obscures, autre roman du dédoublement de la personnalité. Mais là aussi Zola est original, il diffère de Stevenson en évitant soigneusement tout investissement moral dans la mise en œuvre de ce dédoublement. Le clivage, chez Zola, n'est pas accompagné de remords, ni de débat intérieur à la Jean Valjean ou à la Javert, avec pesée du bien et du mal, choix de la bonne ou de la mauvaise voie, mise en relief des châtiments et des récompenses. La « Croix de Maufras » n'est pas la « croisée des chemins » qui sert à cartographier tant de textes moralisateurs. Le « mal » de Jacques, auquel il est souvent fait allusion dans le texte, n'est pas interprétable en termes d'éthique. Comme la bête est perpétuellement en deçà, elle est aussi perpétuellement par-delà le bien et le mal, et cette a-topie de la bête garantit que tout, dans le roman, sera traduit en termes de pulsion (vers) ou de répulsions (de), de régressions et de transgressions, bref en termes dynamiques plus qu'à l'intérieur des cadres et des catégorisations traditionnelles de l'éthique. Rarement un texte romanesque de la fin du XIX^e^ siècle a été aussi systématiquement « nettoyé » de toute accentuation évaluative. Il n'y a dans ce roman aucun destinateur ni aucun destinataire — pour employer la terminologie actancielle de la narratologie — clairement identifiable qui permettrait de localiser une quelconque norme ou un quelconque axe moral. Le naturalisme, dans ce roman, tend au neutralisme, ce qui est une constante de l'esthétique zolienne, à l'effacement des distinctions entre le positif (même les bonnes machines ont des défauts) et le négatif[1]. Les romans suivants, et surtout les *Quatre Évangiles*, reviendront sur cette position esthétique neutralisante du matériau éthique, récupérant (et souvent hypertrophiant) valeurs, évaluations et distinctions entre le bien et le mal, le beau et le laid, le juste et l'injuste, etc. On peut, parfois, en lisant ces derniers romans de Zola, le regretter.

Le procès final, moment traditionnel de discrimination où auraient pu se distribuer les positivités et les négativités, donc le « sens » terminal et global du roman, est « expédié » par Zola et brouille méthodiquement le système des valeurs, chacun jouant en quelque sorte à contre-emploi (les innocents sont condamnés, les coupables graciés, le vrai est le faux et réciproquement, etc.), et Jacques y étant mentionné à peu près dans les termes où Camus décrira son

1. Voir par exemple le mot de la fin du *Ventre de Paris* (« Quels gredins que les honnêtes gens ! ») et celui d'*Une vie* de Maupassant (« La vie, voyez-vous, ce n'est jamais si bon ni si mauvais qu'on croit »).

« étranger » : « Jacques très tranquille, s'était des deux mains appuyé à la barre des témoins, du geste professionnel dont il avait l'habitude, lorsqu'il conduisait sa machine. Cette comparution, qui aurait dû le troubler profondément, le laissait dans une entière lucidité d'esprit, comme si rien de l'affaire ne le regardât. [...] Pas un frisson ne lui était venu [...], la mémoire abolie, les organes dans un état d'équilibre, de santé parfaite » (p. 449) ; « dans l'inconscience de son crime, oubliant où il était » (p. 450). « Oublier », être « sans remords » (p. 423) signifie que « cela » ne « remonte » plus, que « cela » ne revient plus. On pourrait comparer cette fin neutralisée axiologiquement à celle d'un autre « roman du monde judiciaire », le roman *Le coupable* (1897) de François Coppée, où le procureur refuse de requérir contre son fils (qu'il a jadis abandonné), et où il le sauve en se rachetant lui-même de sa faute passée.

## FÊLURES, TROUS ET CASSURES

Ce moment d'« équilibre » ne sera qu'un moment de brève transition, avant que la dynamique de la disjonction et du dédoublement ne reprenne ses droits et n'aboutisse au démembrement physique du héros sous les roues de la locomotive. Ce que la psychanalyse appellera clivage, Zola l'appelle « fêlure » : « La famille n'était guère d'aplomb, beaucoup avaient une fêlure. Lui, à certaines heures, la sentait bien, cette fêlure héréditaire » (p. 85). La fêlure, c'est ce qui circule, mais, on l'a vu, c'est ce qui n'est pas assignable ni nommable (telle tare précise imputable à tel ancêtre identifiable). Elle est distorsion entre un conscient et un inconscient, entre une volonté claire et des pulsions incontrôlables. Là est la disjonction entre le « moi » et le « soi », là est le « drame intérieur » de l'individu, pour reprendre des expressions de Léon Daudet, qui détestait Zola, qui détestait « le boche Hartmann », inventeur de l'inconscient, qui détestait en bloc le « stupide XIXe siècle », ce qui ne l'empêchait pas d'avoir de temps à autre quelques formules justes et heureuses sur son temps[1]. Michel Serres l'a bien vu : « La tribu a la tête fêlée. Ce qui est fêlé, c'est l'individu. Il se divise, il part en morceaux. Ce qui se casse, c'est simplement le vieux discours de l'individuel. L'ancien monde et l'ancienne logique. La science désuète, déterministe et rigide, la vieille histoire du vieil ordre[2]. » La poésie lyrique — le grand genre de la quête du moi par le moi dans l'expérience d'une écriture — avait déjà pressenti cela, précédant Zola et Freud, depuis la vaporisation baudelairienne et ses dichotomies antagonistes *(Héautontimoroumenos)*, jusqu'au « kaléidoscope » verlainien (titre de l'un des plus beaux poèmes de *Jadis et naguère)* et au moi « délocalisé » de Laforgue (« Complainte de Lord Pierrot »).

Qui dit « moi » dit volonté. Un individu n'est que le carrefour des pulsions et des répulsions qui l'habitent, un faisceau de vouloir-faire, de vouloir-être, de vouloir-vivre — sauf si la pulsion de mort le meut. La

1. Voir L. Daudet, *L'Hérédo, essai sur le drame intérieur* (Paris, Nouvelle Librairie nationale, 1916) et *Le stupide XIXe siècle* (1922).

2. *Feux et signaux de brume, Zola*, Paris, Grasset, 1975, p. 178-179. Voir, dans Dossier, p. 172, un extrait de l'essai de M. Serres, et « Zola et la fêlure » de G. Deleuze (1969) qui sert d'introduction à l'édition Folio de *La bête humaine.*

question de la volonté, de ses intermittences et de ses excès (les fameuses « monomanies » des héros de *La comédie humaine*) était déjà centrale chez Balzac. À partir du milieu du siècle, sous l'influence de Schopenhauer *(Le monde comme volonté et comme représentation)*, vulgarisé en France par un Théodule Ribot (*Les maladies de la volonté*, 1883), le thème des « maladies » de la volonté et des diverses formes de l'aliénation (aboulie, dépossession, aliénation, possession par un « autre », cyclothymie, « ruse » de l'instinct génésique etc.) devient un thème récurrent dans la littérature romanesque. Il forme le centre de la plus célèbre nouvelle fantastique de Maupassant, *Le Horla* (1887), où le narrateur se sent comme habité par un être invisible insinué en lui. Zola lui-même, s'affrontant en 1878 avec la description de la psychologie féminine et de la passion, avait déjà créé une héroïne « divisée » avec Hélène dans *Une page d'amour*, pour laquelle il avait eu des formules dont on retrouvera l'écho pour les personnages de *La bête humaine* : « Elle avait donc été folle pendant un an ? [...] Elle croyait juger une personne étrangère [...], elle ne s'expliquait rien. Son être avait cessé de lui appartenir, l'autre personne agissait en elle[1] » ; « Sa volonté lui échappait. [...] C'était comme une femme méchante et sensuelle qu'elle ne connaissait pas et qui lui parlait d'une voix souveraine, à laquelle elle ne pouvait désobéir[2] ». En 1884, avec le Lazare de *La joie de vivre*, Zola créera aussi un personnage totalement « émietté » (c'est son leitmotiv descriptif), grand lecteur de Schopenhauer[3].

1. Pléiade, II, p. 1089.

2. *Ibid.*, p. 999.

3. Sur l'influence de Schopenhauer sur les écrivains de la seconde moitié du XIXe siècle, voir R.P. Colin, *Schopenhauer en France*, Presses universitaires de Lyon, 1979.

Ce thème du clivage est installé dans le texte de *La bête humaine* dès les premières pages, puis filé ensuite tout au long de l'œuvre, à travers les métaphores descriptives du paysage perpétuellement présenté, on l'a vu plus haut, soit comme soumis au régime du double (les « doubles voies » qui « se ramifient » aux premières lignes du roman, p. 28), soit comme « coupé » ou « tranché[1] ». Il se fixe aussi surtout à travers les portraits physiques des personnages, toujours construits à l'aide de notations antithétiques et de termes contrastifs ou concessifs (« mais », « pourtant », « d'abord »), comme des faisceaux de traits contradictoires, comme des sortes d'oxymores sémantiques produisant ambivalence ou ambiguïté, et produisant donc pour le lecteur un horizon d'attente indécis. Ainsi de la « barre des jaloux » qui, à sa première apparition, partage le visage de Roubaud (p. 31), le « coupe d'une ligne dure » (p. 32), un Roubaud décrit à la fois comme « sanguin », « épais », mais à l'œil « vif » *(ibid.)*, un Roubaud présenté au premier chapitre devant l'instrument même du dédoublement, un miroir, auquel il donne des « coups d'œil fréquents » (p. 31). Ainsi de Séverine : « Grande, mince et très souple, grasse pourtant avec de petits os. Elle n'était point jolie d'abord, la face longue, la bouche forte, éclairée de dents admirables. Mais, à la regarder, elle séduisait par le charme, l'étrangeté de ses larges yeux bleus, sous son épaisse chevelure noire » (p. 33). Tout au long du roman, jusque dans sa mort,

1. Voir ci-dessus, chap. II.

Séverine gardera cette contradiction entre « yeux de pervenche » et « casque tragique », ou « casque d'horreur » (p. 418). Même système descriptif pour Cabuche, présenté ainsi : « La face massive, le front bas disaient la violence de l'être borné, tout à la sensation immédiate ; mais il y avait comme un besoin de soumission tendre, dans la bouche large et dans le nez carré de bon chien » (p. 157). Même système d'ambivalences au premier portrait de Jacques : « Beau garçon au visage rond et régulier, mais que gâtaient des mâchoires trop fortes. Ses cheveux, plantés drus, frisaient, ainsi que ses moustaches, si épaisses, si noires, qu'elles augmentaient la pâleur de son teint. On aurait dit un monsieur, à sa peau fine, bien rasée sur les joues, si l'on n'eût trouvé d'autre part l'empreinte indélébile du métier, les graisses qui jaunissaient déjà ses mains de mécanicien, des mains pourtant restées petites et souples. [...] Ses yeux, qu'il avait larges et noirs, semés de points d'or, s'étalent comme troublés d'une fumée rousse, qui les pâlissait » (pp. 64-65 ; voir aussi p. 414). Ces « points » et cette « fumée rousse » qui « troublent » les yeux de Jacques, ce professionnel de la vapeur, sont les signaux métaphoriques de ce moi éclaté, « troué », brisé en morceaux (c'est comme cela, répétons-le, que finira Jacques à la dernière page du roman), de ce moi « vaporisé » : « C'étaient, dans son être, de subites pertes d'équilibre, comme des cassures, des trous par lesquels son moi lui échappait, au milieu d'une sorte de grande fumée qui déformait tout. Il ne s'appartenait plus, il obéissait à ses muscles, à la bête enragée [...], sa volonté n'était pour rien » (p. 85 et 87). « Des morsures de feu, derrière les oreilles, lui trouaient la tête » (p. 416).

Avoir l'autre en soi, c'est donc être « troué », ce qui détraque aussi sûrement un individu qu'une chaudière, qui doit être elle aussi parfaitement étanche pour fonctionner, et le destin de Jacques est bien de finir comme la Lison éventrée, perdant sa vapeur, comme celui de Roubaud, jadis d'une « ponctualité d'employé modèle », est de finir détraqué dans ses emplois du temps où « des trous se produisaient » (p. 312). Le « trou », c'est la mort, et tout le roman ne cesse de décliner (trou, porte, gueule, four, tunnel, gouffre, plaie, etc.) cette métaphore : trou du tunnel où les machines broient les humains, d'où jaillit le crime : « Jacques vit d'abord la gueule noire du tunnel s'éclairer, ainsi que la bouche d'un four, ou des fagots s'embrasent. [...] La machine [...] en jaillit [...] avec [...] la lanterne d'avant dont l'incendie troua la campagne » (p. 90). Trou de la blessure du meurtre. Trou de l'éventrement (on est toujours dans la métaphore filée de Jack l'Éventreur) de la locomotive « éventrée [...] le ventre ouvert » (p. 369), exhibant « ses organes meurtris, mis au plein jour » (p. 377), et réalisant donc par là le fantasme zolien de la locomotive transparente enregistré par le docteur Toulouse. Trou du sexe, lieu de l'indicible : « La porte d'épouvante s'ouvrait sur ce gouffre noir du sexe» (p. 417 ; même expression de « porte d'épouvante » (p. 232).

Jacques, le « roulant » sans domicile fixe, « terrifié de n'être plus lui, de sentir la bête prête à mordre» (p. 326-327), n'est plus maître dans son propre moi. Lui, le mécanicien bien noté, qui dirige sa machine à la perfection, qui « la chevauche à sa guise avec l'absolue volonté du maître [...] en bête domptée » (p. 201), n'est plus maître de lui-même, que traverse « le galop de l'autre, la bête envahissante » (p. 416). Son corps lui échappe, ne lui obéit plus, ses mains deviennent autonomes : « Il les sentait bien qui s'agitaient, révoltées, plus fortes que son vouloir. Est-ce qu'elles allaient cesser de lui appartenir ? Des mains qui lui viendraient d'un autre, des mains léguées par quelque ancêtre, au temps où l'homme, dans les bois, étranglait les bêtes ! » (p. 300-301). Il ne peut accomplir ce qu'il veut faire, et il accomplit ce qu'il ne voudrait pas faire, et cette séparation du moi à l'autre moi indésirable de l'intérieur s'accompagne d'une séparation d'avec l'autre extérieur et sexué désiré, en une sorte de logique terrifiante de l'aliénation : « C'était l'irréalisé, l'acte voulu, consenti par eux deux, qu'il n'accomplissait pas et dont la pensée, désormais, mettait entre eux un malaise, un mur infranchissable » (p. 348).

Il ne pourra donc survenir, dans ce monde psychologique et ferroviaire soumis au régime du clivage, que des blocages (des arrêts), des régressions (des machines arrière), ou des dévoiements (des aiguillages, des déviations ou des déraillements). Pas de ligne droite ni de mouvement univoque. À prendre la métaphore, une nouvelle fois, au pied de la lettre, on peut dire que le personnel du roman, à l'image de Jacques (« Un mécanicien hors-ligne », p. 88), ne connaît aucun mouvement rectiligne et progressif. Tout semble « remonter », « revenir », « ramener », dans *La bête humaine*. D'abord sur le plan politique, on l'a déjà noté, avec ce crime qui « remontait au travers des rouages compliqués [...] jusqu'à l'administration supérieure [...] de bas en haut » (p. 192). Ensuite, les verbes « ramener » et « manger » servent très souvent, associés, à caractériser Jacques, Jacques né « d'une mère si enfant et d'un père gamin comme elle » (p. 85), Jacques hanté par « une sauvagerie qui le ramenait avec les loups mangeurs de femmes, au fond des bois » (p. 85), donc défini par une primordiale oralité d'incorporation de l'autre (« manger »), par un non-accès à la sexualité. Le roman, ne l'oublions pas, s'ouvre sur une scène de « dînette » (les sardines), scène idyllique destinée à servir de repoussoir à cette métaphore récurrente de la dévoration[1]. Séverine, elle, est bloquée dans sa sexualité par des expériences traumatisantes, « restée

1. Meurtre et oralité sont toujours associés dans le roman. Voir Jacques sur le point de tuer Roubaud et s'écriant à l'adresse de Séverine : « Non, non !... Comme des sauvages alors. Pourquoi pas lui manger le cœur ? » (p. 411). Le « petit meurtre » de Phasie par Misard est perpétré également par la nourriture.

vierge » (p. 229), et ne rêve que de « retourner à l'enfance », qu'à « redevenir toute jeune, avant la souillure » (p. 221), qu'à des régressions d'avant le sexe : « Cela lui semblait si tendre, de s'aimer sans toute cette saleté du sexe » (p. 220) ; elle « retournait à la gaieté, à la fraîcheur de ses vingt ans » (p. 233). Roubaud, lui, « tourne » également mal, dévoie sa jalousie dans le jeu : « Il avait beaucoup changé [...] un goût du jeu lui était venu, qui tournait à la passion [...] ; étonné de ne pas se connaître [il] avait brûlé de la rage du gain, cette fièvre chaude de l'argent gagné qui ravage un homme [...], il s'échappait dès qu'il était libre » (p. 233).

Jacques, lui, quand il ne « retourne » pas en arrière, reporte toute son affection sur sa machine : « Il l'aimait d'amour, sa machine [...], il l'aimait [...] en mâle reconnaissant » (p. 196). D'où les plaisanteries — « grasses », évidemment — de Pecqueux sur les machines qu'on doit, comme les belles femmes, graisser fréquemment (p. 197). C'est même — déviations dans la déviation — un véritable « ménage à trois » (p. 198 et 370) qu'il constitue avec elle et Pecqueux, Pecqueux qui est une sorte de fils de substitution pour Jacques (qui a lui-même une mère de substitution en Phasie) : « Bien qu'il fût son cadet de plus de dix ans, le mécanicien se montrait paternel pour son chauffeur » (p. 198)[1]. La déviation maximale, l'inceste (Zola a déjà été tenté par le thème, en réécrivant *Phèdre* dans *La curée*), plane d'ailleurs, dès le premier chapitre, sur le roman : « Et, dis donc, s'il était ton père ? » (p. 52). Comme chez de

1. On retrouve dans *L'œuvre* la même expression de « ménage à trois » (Pléiade, IV, p. 244) pour parler du groupe formé par Claude le peintre fou, le frère de Jacques, Christine sa femme, et la femme nue du tableau peint par Claude, qu'il finira par crever d'un coup de poing (p. 246).

nombreuses femmes de Zola, il y a du sphinx chez Séverine, qui pose à Jacques l'énigme angoissante de la sexualité. Déjà, dans *La curée*, Zola avait installé, dans cette chaudière qu'est la serre de l'hôtel Saccard (encore une machine à vapeur transparente), où se consomme l'inceste entre Renée et Maxime, un sphinx de marbre noir.

Tout se brouille dans ce roman de fumée, de nuit et de brouillard, roman qui porte en titre un oxymore, la figure du brouillage sémantique des contraires, opération linguistique que Freud, curieusement, en la confrontant à la pensée archaïque et régressive du rêve, rattachait à un « fond primitif » de la langue et de l'humanité[1]. Que ce soit le fait de la vitesse, ou que ce soit le fait d'un défaut de luminosité, on ne peut jamais y voir clair, distinctement, dans ce roman : « L'éclair les emportait, elle n'était pas bien sûre de les avoir vus, toutes les faces se noyaient, se confondaient, comme semblables, disparaissant les unes dans les autres » (p. 72). Mais ce qui se brouille surtout, ce sont les différences, différences entre le moi et l'autre (puisque le moi est habité par l'autre), entre l'homme et la machine (puisque l'homme est machinisé par la routine, les emplois du temps et les besognes mécaniques, et que la machine est humanisée), entre les humains et les animaux, entre l'avant et l'après (puisque la pré-histoire « revient » dans le présent, puisque telle morte revient au chevet de telle autre morte)[2], entre la nature et la culture

1. Voir l'article de Freud, « Des sens opposés dans les mots primitifs », article de 1910 rédigé à propos des théories de K. Abel publiées en 1884, dans *Essais de psychanalyse appliquée*, Paris, trad. franç., Gallimard, 1933 (coll. « Idées », 1973) et commenté par Émile Benveniste dans ses *Problèmes de linguistique générale I* (Paris, Gallimard, 1966).

2. « Il eut la sensation brusque qu'une autre figure blanche se dressait auprès du lit. Était-ce donc un dédoublement de la morte ? Puis il reconnut Flore. Elle était revenue » (p. 420).

(puisque le « fond des bois » ou le « fond des cavernes » revient dans le monde machinisé du progrès). La « folie du tunnel », que Zola avait rencontrée en se documentant sur les milieux ferroviaires, c'est peut-être cette folie de la neutralisation des différences, « la folie du tunnel [...] ce coup de folie où sombrent les choses, le temps et l'espace » (p. 384).

Différences, surtout, entre l'amour et la mort : si la femme est « instrument d'amour, instrument de mort » (p. 58), « posséder, tuer, cela s'équivalait-il dans le fond sombre de la bête humaine ? » (p. 232). Telle est, avant que Freud ne la formule, la découverte de Zola, à savoir que la pulsion de mort et la pulsion sexuelle ne font qu'un, indistinction affichée dès l'incipit du roman : « Dans la nuit trouble de sa chair, au fond de son désir souillé qui saignait, brusquement se dressa la nécessité de la mort » (p. 55), indistinction rappelée à un moment important du récit, au moment où Séverine raconte à Jacques, avec un grand luxe de précisions, le meurtre de Grandmorin : « Ils se possédèrent, retrouvant l'amour au fond de la mort » (p. 298). Le naturalisme devient un « neutralisme » (ni ceci ni cela ; à la fois ceci et cela), un neutralisme fondamental qui dépasse dans ce roman précis le simple neutralisme des seules valeurs morales dont on a fait état plus haut : « Le frisson du désir se perdait dans cet autre frisson de mort. [...] C'était, comme au fond de toute volupté, une agonie qui recommençait » (p. 288). Et il est normal qu'apparaisse, quasiment à la dernière page du roman (p 456), en guise de clôture rhétorique et sémantique de cette analogie profonde entre la mort et la vie, la figure même de l'amalgame des contraires, l'oxymore : « il cédait au rut du crime ». *La bête humaine*, ou l'angoisse de l'indifférenciation.

# CONCLUSION

*La bête humaine* ne (se) conclut pas. Ni sur un appel à de nouveaux printemps *(Germinal)*, ni sur une ode à la vie *(Le docteur Pascal)*, ni sur un appel au travail *(L'œuvre)*, ni sur un mariage, qu'il ouvre sur l'au-delà *(Le rêve)* ou sur le bonheur matrimonial *(Au bonheur des dames)*. Zola se prive même du grand morceau de bravoure prévisible, la catastrophe ferroviaire (il est vrai qu'il en avait déjà décrit une), et de tout appel à des entités morales (le bon, le juste, le bien, le vrai, l'espoir, etc.) qui pourraient rétrospectivement donner un « sens » au roman[1]. Seule une entité vague, l'avenir, occupe la place stratégique de la clausule, dans une phrase interro-négative elle-même insérée dans un contexte saturé de négations (« in- », « ne pas », « sans ») ou de termes privatifs : « On ne savait où [...]. La machine n'allait-elle pas quand même à l'avenir, insoucieuse du sang répandu ? Sans

1. À la différence du film de Renoir où, si Gabin-Lantier se suicide à la fin, Pecqueux-Carette, en exemplaire chauffeur de l'exemplaire corps des cheminots, arrête le train fou.

conducteur [...] ténèbres [...] aveugle et sourde » (p. 461-462). Abstraction, négativité du désir, régression, inconscience, le tout dans des paysages « négatifs » en noir et blanc, telles sont les dominantes de *La bête humaine*. Avec, sous-jacente, une très dense dramaturgie épistémique, celle du savoir et du non-savoir, du vrai et du faux (le secret, l'inconscience, l'idée fixe, l'oubli, la mémoire hypertrophiée d'anciennes rancunes, la manipulation politique, l'erreur judiciaire, etc. en déclinent toutes les variantes), mettant en scène tous les dysfonctionnements, par excès ou par défaut, de la communication (avec soi, avec les autres, avec les machines, avec les institutions). Zola écrit bien là le négatif, au sens photographique du terme — et il était expert en photographie — de ses *Rougon-Macquart*.

# DOSSIER

# I. REPÈRES BIOGRAPHIQUES

1840 Émile Zola naît le 2 avril à Paris. Son père, François Zola, italien, est ingénieur civil. Sa mère, Émilie Aubert, est d'une famille de la Beauce.

1843 La famille s'installe à Aix. François Zola dirige la construction d'un barrage et d'un canal d'alimentation en eau pour la ville d'Aix.

1847 François Zola meurt avant la fin des travaux du canal. La famille est dans la gêne. Le jeune Émile, fils unique, fait de bonnes études à Aix et se lie d'amitié avec le jeune Paul Cézanne, le futur peintre, avec lequel il entretiendra longtemps une correspondance suivie.

1858 La famille Zola s'installe à Paris. Émile Zola y termine ses études secondaires au lycée Saint-Louis, mais échoue au baccalauréat. Nombreuses lectures, petits travaux pour vivre et premiers essais littéraires (poèmes, nouvelles, ébauches de pièces de théâtre).

1862 Zola entre chez l'éditeur Hachette, d'abord au bureau des expéditions, puis au service de la publicité, ce qui le met en contact avec les livres et les écrivains du moment. Il débute dans le journalisme (chroniques, comptes rendus de livres) et publie un recueil de contes, *Contes à Ninon*, en 1864. Demande et obtient sa naturalisation française en 1862.

1865 Zola rencontre Gabrielle-Alexandrine Meley, qu'il épousera en 1870. Ils n'auront jamais d'enfants. Collabore à plusieurs journaux. Il écrit un compte rendu élogieux d'un roman des frères Goncourt, *Germinie Lacerteux*, qui le met en relation avec le salon littéraire des deux frères. Publie *La confession de Claude*, roman écrit à la première personne, sorte d'autobiographie à demi fictive de sa vie de bohème et de son « éducation sentimentale ».

1866 Zola quitte la librairie Hachette pour vivre uniquement de sa plume. Fréquente le milieu des peintres, s'essaie à la critique d'art et défend Manet. Publie un roman, *Le vœu d'une morte,* qui n'a aucun succès. Nombreux articles de journaux.

1867 Année clé pour le « lancement » (encore tout relatif) du jeune écrivain. C'est l'année de l'Exposition universelle de Paris. Publie son étude *Édouard Manet*, où il prend vigoureusement la défense de la « nouvelle peinture » de son époque, celle qu'on va bientôt appeler « impressionniste ». Publie aussi un roman-feuilleton dans la veine d'Eugène Sue, *Les mystères de Marseille*, et un roman dans un style très différent, très « naturaliste », *Thérèse Raquin*, qui commencera à attirer l'attention de la critique sur lui.

1868 Manet peint son célèbre portrait de Zola (Musée d'Orsay). Deuxième édition, augmentée d'une préface, de *Thérèse Raquin*. Publie un roman, *Madeleine Férat*, qui n'a aucun succès, mais où l'hérédité tient une place importante. Commence à préparer, par d'abondantes lectures « scientifiques » (livres de médecine, d'histoire contemporaine), son projet d'une série de romans qui deviendra *Les Rougon-Macquart*, et dont il envoie un premier plan général à l'éditeur Lacroix, qui l'acceptera et publiera les deux premiers (*La fortune des*

*Rougon* et *La curée*). Après la faillite de l'éditeur après la guerre de 1870 en 1872, la série des *Rougon-Macquart* sera publiée par l'éditeur Charpentier, éditeur attitré des « naturalistes » et du « roman de mœurs » de la seconde moitié du siècle. Finalement, la série comportera vingt volumes, que Zola publiera à peu près au rythme d'un par an jusqu'au *Docteur Pascal* en 1893.

1871 Séjourne avec sa famille à Marseille, puis à Bordeaux pendant la guerre franco-prussienne et la Commune. Songe un instant à une carrière politique.

1873 Adaptation au théâtre, sans succès, de *Thérèse Raquin*. Fréquente les milieux littéraires autour de Flaubert et du salon Charpentier.

1877 Premier grand succès de librairie avec *L'assommoir*. Une adaptation au théâtre en sera également tirée, qui aura un grand succès. Polémiques, parodies diverses, innombrables caricatures augmenteront encore le succès du roman. L'argent gagné avec ce roman permettra à Zola de se consacrer totalement à la poursuite de son œuvre littéraire, en le libérant des articles de journaux quotidiens, et d'acquérir à Médan, sur les bords de la Seine, une grande propriété où il séjournera la majeure partie de l'année, tout en gardant un appartement à Paris (23, rue de Boulogne, actuellement rue Ballu, puis après 1889, 21 bis, rue de Bruxelles).

1880 Zola patronne, en véritable chef d'école (naturaliste) qu'il est devenu, le recueil collectif des *Soirées de Médan*, recueil de nouvelles qui regroupe de jeunes auteurs, et qui lancera particulièrement Maupassant (qui y publie *Boule de Suif*). Cette date marque sans doute l'apogée du mouvement naturaliste comme avant-garde littéraire du moment. Mort de Flaubert. Mort de sa mère, qui l'affectera profondément (son roman, *La joie de vivre*, en gardera les traces). Publication de son essai théorique qui deviendra le plus célèbre, *Le roman expérimental*.

1881 Publication de deux essais. *Le naturalisme au théâtre* et *Les romanciers naturalistes*.

1883 Mort d'Édouard Manet.

1887 À l'occasion de la publication de *La terre*, un groupe de jeunes écrivains publie un violent article (appelé parfois le « Manifeste des cinq ») contre Zola et l'esthétique naturaliste.

1888 Zola devient chevalier de la Légion d'honneur. Il s'initie à la photographie, qui deviendra la passion de la fin de sa vie. Il rencontre Jeanne Rozerot, jeune lingère à Médan, qui deviendra sa maîtresse et dont il aura deux enfants (Denise et Jacques).

1889 Exposition universelle à Paris. Zola commence en mars à se documenter, puis, à partir de mai, à composer et rédiger *La bête humaine*, qu'il terminera le 18 janvier 1890. Le roman paraîtra en feuilleton à partir du 14 novembre 1889. C'est le dix-septième roman de la série des *Rougon-Macquart*.

1890 Publication de *La bête humaine* en librairie en mars. Zola a cinquante ans.

1891 Zola devient président de la Société des gens de lettres. Il se présente régulièrement à l'Académie française, où il ne sera jamais élu.

1893 Fin de la série des *Rougon-Macquart* avec *Le docteur Pascal*. Zola commence une nouvelle série, *Les trois villes*, sorte d'histoire allégorique du XIXe siècle faite à travers la description de trois villes prises pour leur valeur symbolique, trois romans formant trilogie dont un même personnage, un prêtre, est le héros (*Lourdes*, 1894 ; *Rome*, 1896 ; *Paris*, 1898).

1894 Début de l'affaire Dreyfus, banale affaire d'espionnage militaire qui va déchirer la France en deux camps pendant plusieurs années.

1898 Contacté par des amis dreyfusards à l'automne de l'année précédente, Zola va s'engager dans leur camp en publiant notamment dans *L'Aurore* du 13 janvier un violent pamphlet contre le tribunal militaire, « J'accuse ». Traîné en justice, Zola est condamné et s'exile en Angleterre.

1899 Révision du procès Dreyfus. Ce dernier est condamné à dix ans de détention. Zola rentre en France le 5 juin. Il commence une nouvelle série de romans, très différents d'inspiration et d'écriture de ses *Rougon-Macquart*, les *Quatre Évangiles*, dont seuls les trois premiers (*Fécondité* en 1899, *Travail* en 1901, *Vérité*, qui est une traduction romancée de l'affaire Dreyfus, en 1903) seront terminés et publiés, le quatrième, *Justice*, restant à l'état d'ébauche.

1902 Le 28 septembre, dans la nuit, Zola meurt accidentellement par asphyxie dans son domicile parisien.

1908 Transfert des cendres de Zola au Panthéon.

# II. INTERTEXTE

## L'EXPRESSION « BÊTE HUMAINE »

**L'expression « bête humaine » est une expression courante dans le discours philosophique, moral et religieux. Pensons par exemple à la formule célèbre de Pascal et à son parallèle entre l'homme-ange et l'homme-bête. La formule a sans doute connu un regain de faveur au XIXe siècle avec la diffusion des théories darwinistes. On la trouve très tôt, dès 1868, dans certains essais critiques de jeunesse, sous la plume de Zola, qui a peut-être été la chercher chez Hugo (préface de *Cromwell* et *Les misérables*). Elle deviendra un leitmotiv de tout le discours anthropologique du courant naturaliste.**

### VICTOR HUGO

V. Hugo, préface de *Cromwell*, 1827. Voir Maurice Souriau, *La Préface de Cromwell, Introduction, textes et notes*, Paris, Boivin, s. d.

Le christianisme amène la poésie à la vérité. Comme lui, la muse moderne verra les choses d'un coup d'œil plus haut et plus large. Elle sentira que tout dans la création n'est pas humainement *beau*, que le laid y existe à côté du beau, le difforme près du gracieux, le grotesque au revers du sublime, le mal avec le bien, l'ombre avec la lumière. Elle se demandera si la raison étroite et relative de l'artiste doit avoir gain de cause sur la raison infinie, absolue, du créateur ; si c'est à l'homme à rectifier Dieu ; si une nature mutilée en sera plus belle ; si l'art a le droit de dédoubler, pour ainsi dire, l'homme, la vie, la création ; si chaque chose marchera mieux quand on lui aura ôté son muscle et son ressort ; si, enfin, c'est le moyen d'être harmonieux que d'être incomplet. C'est alors que, l'œil fixé sur des événements tout à la fois risibles et formidables, et sous l'influence de cet esprit de mélancolie chrétienne et de critique philosophique que nous observions tout à l'heure, la poésie fera un grand pas, un pas décisif, un pas qui, pareil à la secousse d'un tremblement de terre, changera toute la face du monde intellectuel. Elle se mettra à faire comme la nature, à mêler dans ses créations, sans pourtant les confondre, l'ombre à la lumière, le grotesque au sublime, en d'autres termes, le corps à l'âme, la bête à l'esprit ; car le point de départ de la religion est toujours le point de départ de la poésie. Tout se tient. [...]

Si, au milieu de ces développements nécessaires et qui pourraient être beaucoup plus approfondis, le fil de nos idées ne s'est pas rompu dans l'esprit du lecteur, il a compris sans doute avec quelle puissance le grotesque, ce germe de la comédie, recueilli par la muse moderne, a dû croître et grandir dès qu'il a été transporté dans un terrain plus propice que le paganisme et l'épopée. En effet, dans la poésie nouvelle, tandis que le sublime représentera l'âme telle qu'elle est, épurée par la morale chrétienne, lui jouera le rôle de la bête humaine. Le premier type, dégagé de tout alliage impur, aura en apanage tous les charmes, toutes les grâces, toutes les beautés ; il faut qu'il puisse créer un jour Juliette, Desdémona, Ophélia. Le second prendra tous les ridicules, toutes les infirmités, toutes les laideurs. Dans ce partage de l'humanité et de la création, c'est à lui que reviendront les passions, les vices, les crimes ; c'est lui qui sera luxurieux, rampant, gourmand, avare, perfide, brouillon, hypocrite ; c'est lui qui sera tour à tour Iago, Tartuffe, Basile ; Polonius, Harpagon, Bartholo ; Falstaff, Scapin, Figaro. Le beau n'a qu'un type ; le laid en a mille. C'est que le beau, à parler humainement, n'est que la forme considérée dans son rapport le plus simple, dans sa symétrie la plus absolue, dans son harmonie la plus intime avec notre organisation. [...]

Il serait surabondant de faire ressortir davantage cette influence du grotesque dans la troisième civilisation. Tout démontre, à l'époque dite *romantique*, son alliance intime et créatrice avec le beau. Il n'y a pas jusqu'aux plus naïves légendes populaires qui n'expliquent quelquefois avec un admirable instinct ce mystère de l'art moderne. L'antiquité n'aurait pas fait *La Belle et la Bête*. [...]

Il est vrai de dire qu'à l'époque où nous venons de nous arrêter, la prédominance du grotesque sur le sublime, dans les lettres, est vivement marquée. Mais c'est une fièvre de réaction, une ardeur de nouveauté qui passe ; c'est un premier flot qui se retire peu à peu. Le type du beau reprendra bientôt son rôle et son droit, qui n'est pas d'exclure l'autre principe, mais de prévaloir sur lui. Il est temps que le grotesque se contente d'avoir un coin du tableau dans les fresques royales de Murillo, dans les pages sacrées de Véronèse ; d'être mêlé aux deux admirables *Jugements derniers* dont s'enorgueilliront les arts, à cette scène de ravissement et d'horreur dont Michel-Ange enrichira le Vatican, à ces effrayantes chutes d'hommes que Rubens précipitera le long des voûtes de la cathédrale d'Anvers. Le moment est venu où l'équilibre entre les deux principes va s'établir. Un homme, un poète roi, *poeta soverano*, comme Dante le dit d'Homère, va tout fixer. Les deux génies rivaux unissent leur double flamme et de cette flamme jaillit Shakespeare. [...]

Ainsi, que des pédants étourdis (l'un n'exclut pas l'autre) prétendent que le difforme, le laid, le grotesque, ne doit jamais être un objet d'imitation pour l'art, on leur répond que le grotesque, c'est la comédie, et qu'apparemment la comédie fait partie de l'art. Tartuffe n'est pas beau, Pourceaugnac n'est pas noble ; Pourceaugnac et Tartuffe sont d'admirables jets de l'art.

Que si, chassés de ce retranchement dans leur seconde ligne de douanes, ils renouvellent leur prohibition du grotesque allié au sublime, de la comédie fondue dans la tragédie, on leur fait voir que, dans la poésie des peuples chrétiens, le premier de ces deux types représente la bête humaine, le second l'âme. Ces deux tiges de l'art, si l'on empêche leurs rameaux de se mêler, si on les sépare systématiquement, produiront pour tous fruits, d'une part des abstractions de vices, de ridicules ; de l'autre, des abstractions de crime, d'héroïsme et de vertu. Les deux types, ainsi isolés et livrés à eux-mêmes, s'en iront chacun de leur côté, laissant entre eux le réel, l'un à sa droite, l'autre à sa gauche. D'où il suit qu'après ces abstractions il restera quelque chose à représenter, l'homme ; après ces tragédies et ces comédies, quelque chose à faire, le drame.

Dans le drame, tel qu'on peut, sinon l'exécuter, du moins le concevoir, tout s'enchaîne et se déduit ainsi que dans la réalité. Le corps y joue son rôle comme l'âme ; et les hommes et les événements, mis en jeu par ce double agent, passent tour à tour bouffons et terribles, quelquefois terribles et bouffons tout ensemble.

## GUY DE MAUPASSANT

### CAUSERIE TRISTE

G. de Maupassant, *Le Gaulois*, 25 février 1884. Repris dans *Choses et autres, choix de chroniques littéraires et mondaines (1876-1890)*, Paris, Livre de Poche Classique, 1993, p. 273-274.

Voici venus les jours du carnaval, les jours où le bétail humain s'amuse par masses, par troupeaux, montrant bien sa bestiale sottise.

Paris ne connaît point de carnaval. Quelques masques passent, rapides, honteux et méprisés dans la foule, lente et pesante, sortie parce qu'elle a congé.

C'est à Nice qu'il faut voir cette fête de la brute civilisée ! Hommes et femmes, du peuple et du monde mêlés, la tête couverte d'un masque en fil de fer, trouvent un plaisir délirant à se jeter du plâtre dans les yeux. Une folie furieuse agite ces êtres qui gesticulent, crient, se heurtent et se lancent au visage des poignées de confetti, de poussière et de cailloux. Une bête semble déchaînée dans chacun de ces hommes, la bête, cette hideuse bête humaine qui apparaît, hurle, s'enivre, se bat, frappe, ravage, ou tue sitôt qu'on la lâche et qu'on la démusèle, la bête horrible qui incendie, pille et massacre aux jours de guerre, qui guillotine aux jours de révolution, et saute, en sueur, aux jours de gaieté publique, affreuse dans sa joie comme dans sa férocité.

Quel bonheur stupide peuvent trouver ces gens à aveugler les passants avec du plâtre ? Quelle joie à heurter des coudes, à bousculer ses voisins, à s'agiter, à courir, à crier ainsi sans aucun résultat pour ces fatigues, sans aucune récompense après ces mouvements inutiles et violents ?

Quel plaisir éprouve-t-on à se réunir si c'est uniquement pour se jeter des saletés à la face ? Pourquoi cette foule est-elle délirante de joie, alors qu'aucune jouissance ne l'attend ? Pourquoi parle-t-on longtemps d'avance de ce jour, et le regrette-t-on lorsqu'il est passé ? Uniquement parce qu'on déchaîne la bête, ce jour-là ! On lui donne liberté comme à un chien que la chaîne des usages, de la politesse, de la civilisation et de la loi tiendrait attaché toute l'année !

La bête humaine est libre ! Elle se soulage et s'amuse, selon sa nature de brute.

Il ne faut pas en vouloir aux hommes, mais à la race elle-même !

CAMILLE LEMONNIER

**Romancier fécond, que l'on a souvent appelé « le Zola belge », Camille Lemonnier (1844-1913), qui fréquentait assidûment les milieux naturalistes français de Paris, publie dans le *Gil Blas* du 2 novembre 1888 une nouvelle,**

***L'homme qui tuait les femmes. Mémoire de l'assassin*, que Zola a certainement lue, et qui a probablement été inspirée à l'auteur par les sinistres exploits de Jack l'Éventreur dont les meurtres à Londres défrayèrent la chronique de septembre à novembre 1888.**

C. Lemonnier, *L'homme qui tuait les femmes, Gil Blas* du 2 novembre 1888.

Que ceci soit ma suprême et mortuaire volonté, s'il est possible que celui qui si cruellement transgressa la Loi, — immuable symbole de l'omnipotente volonté des hommes, — ose invoquer, par-delà les jours, cette part de lui que dès l'instant du crime, il abrogea sous l'irrémissible et occulte ingérence d'une volonté à jamais maîtresse de ses destinées !

Je lègue à la science, — comme à la seule puissance humaine capable de m'absoudre, — avec ma cervelle, arsenal des ruses funestes et des diaboliques machinations, l'être pervers et compliqué qui pour moi-même demeura un insondable problème.

Mon nom ? j'ai tout fait pour qu'il demeurât perdu dans l'obscure légende des réprouvés rentrés aux terrestres ténèbres après avoir témoigné de la fatalité des races vouées à d'inévitables opprobres. Personne ne saura donc quel flanc misérable, — alambic où fermentèrent les sucs d'une hérédité monstrueuse, — porta l'impur limon prédestiné dans lequel se modela ma face ; — personne davantage la semence qui, en mes natives pourritures, fit germer et fructifier un sombre et machinal criminel. Le sang, depuis, comme une onde lustrale corrosive et ineffaçable, l'a baptisé — ce nom — sous la rubrique d'un rouge et effrayant anonymat.

Quand j'entrai avec *Elle* dans la chambre de la maison infâme, — la chambre immémorialement reflétée en mes yeux, avec le lit des accouplement sans amour, — la bête, j'en atteste l'*autre* conscience en moi demeurée impolluée ! la bête, toujours soufflant dans l'homme, n'attisa que la superficielle et instinctive concupiscence que cette fille, heurtée sur un trottoir, avait suscitée en ma flânerie de passant. À peine dans la crépusculaire vapeur, l'avais-je vue ; je n'aurais pu dire qu'un charme de grâce et de beauté m'eût attiré sur ses pas. Et toutefois un charme plus incompressible que la charnelle splendeur d'un beau corps me captiva aussitôt qu'elle se mit à marcher devant moi, onduleuse et souple, avec le balancement de sa ceinture. Rien autre, — de cette rencontre qui pourtant changea le cours de ma vie ! — rien autre que l'impérieuse foi que nos destins étaient jusqu'à la mort liés, ne fixa dans ma mémoire le clou auquel immuablement, chez les postérités humaines, demeurent attachés les décisifs tableaux commémoratifs des choses irréparables... Et, tous deux enfermés dans les férines[1] atmosphères de ces cloisons offertes aux ruts errants de la rue, — elle se dévêtit avec la gauche et frileuse pudeur d'une vierge résignée au premier péché. Une âme captive — je soupçonnais alors l'invincible attrait perçu au frôlement de ses hanches ! — battait de l'aile, douloureuse et fraîche encore — en ce corps de jeune prostituée. Je la pris en mes bras comme une neuve épouse que le sort m'eût départie, presque avec le regret de la souillure que mon contact allait lui infliger — oui, le regret des impurs baisers bafouant sur sa chair vénale les dernières et palissantes roses de la chasteté.

Comment après les râles et les mutuelles caresses l'ayant sentie, malgré sa froideur palpiter sous ma poitrine, cette neige d'un pâle et à peine nubile printemps, m'envahit tout à coup la nette et irréfragable détermination de couper en ses racines la fleur de vie charmante et corrompue que j'avais

1. Adjectif formé sur le latin *fera* (bête sauvage).

nourrie de mon triste amour ? J'allai à mes vêtements pêle-mêle avec les siens jetés sur une chaise et j'en tirai le rasoir que, *sans m'en être rendu compte*, j'avais en sortant glissé dans la poche de mon habit. Aucune raison jamais ne put m'expliquer cet acte inconscient mais commandé par les ténébreuses providences, au point que je n'aurais pu ne pas le prendre sur moi, l'effrayant et ridicule outil dont je m'armai à cette minute inévitable ! Je savais seulement que je l'avais tiré de sa gaine et coulé dans mon habit, je ne savais pas autre chose. Et m'étant mis nu, — alors sans doute se préméditait en moi le dessein final, — je cachai derrière mon dos l'éclair de la lame et, sans effroi, sans un soubresaut sous ma mamelle, d'un regard où nulle pitié ni hésitation ne l'induisirent en le soupçon d'un barbare forfait immérité, j'embrassai ses jeunes et pâles seins, la maigreur de son ventre épargné par les maternités, le flexible et gracile col pareil à une tige. Surtout je regardai ce col sinueux, sachant que rien au monde, à présent que sa mort était résolue, ne pouvait plus m'empêcher d'en déchirer d'un coup net et prompt, les soyeux, les pâlement azurés et soyeux tissus.

En un transport, nos corps se nouèrent plus étroitement que si de tardives fiançailles enfin consommaient la souffrance d'un désir toujours insatisfait. Et quand, aux chaleurs et aux frissons de sa gorge, je conjecturai qu'un même spasme allait joindre éperdûment nos haleines, — en cet instant précis, et avant qu'elle eût seulement soupçonné le geste qui éterniserait jusque dans les enfers et les paradis sa volupté, — je pressai sur le rasoir et d'une fois lui tranchai les carotides ! Sur ses lèvres tôt violettes, décloses aux immortelles délices, — tandis que jaillissant en torrentielles gerbes vermeilles, le sang arrosait les aréoles de son sein et fluait entre nos ceintures confondues, — je cueillis ensuite, avec le froid soupir où s'évagua son être, le souffle encore ardent de la minute qui de ses passives entrailles, peut-être pour la première fois, avait fait crier l'amour.

Aucun remords sur l'heure, — quand je vis s'égoutter par la profonde entaille qui lui séparait la tête du tronc, la rouge fontaine de sa vie, — aucune agitation de mon cœur ni de mes sens n'accompagna l'instant qui suivit l'effroyable immolation. La certitude de l'acte s'imposait à moi, mais sans m'émouvoir ni soulever ma réprobation. Le supplice consommé, — l'immortellement délicieux supplice où l'amour et la mort râlèrent leur indissoluble râle, — j'épuisai les ablutions jusqu'à l'effacement complet du sang sur moi ; puis, je me rhabillai, et après l'avoir considérée un long moment, — toute vêtue de la pourpre issue de ses veines comme d'un tragique et somptueux manteau, ses membres déjà mollissants écroulés en travers du rouge flot toujours s'épanchant comme d'une urne inépuisable, — je descendis l'escalier. [...]

Ouvrier d'une œuvre maudite, j'obéissais à des impulsions irréfléchies et auxquelles quelqu'un, en dehors de moi, me stimulait. J'étais comme un corps dépouillé de ses moteurs et que galvanise l'incoercible ascendant d'une force s'exerçant de *l'autre côté de la vie*. Plus tard, seulement, quand je pus raisonner, je me persuadai qu'un penser commisératif avait déterminé l'offrande où le monde, en son effarement stupide, ne voulut voir qu'un dérisoire et plus excessif outrage.

Tranquillement je descendis, réglai entre les mains de la mérétrice le prix du lit sanglant, et m'en allant, je ne retournai même pas la tête pour regarder, de loin la maison qui, dans un instant, se remplirait d'horribles clameurs et où, en sa grande paix impure, reposait la nudité de l'Élue, de la toujours Élue !

Dans la rue, seulement, après une marche à travers les lasses multitudes opprimées par la douleur du quotidien labeur, — et pensif, encore nostalgique des regards expirés où j'avais bu sa mort — je perçus, mais vague, le sentiment de l'IRRÉMÉDIABLE. Et cette perception n'était pas dénuée de quelque douceur ; il me semblait que ma vie marchait à présent devant moi, dans le pas de celui qui avait exigé le meurtre et dirigé mon bras, que je n'aurais plus à penser à ce que j'allais faire, mais que dorénavant j'exécuterais ce *qu'il* avait uniquement et souverainement décidé (et toutefois ce sentiment fut-il aussi précis ?) N'y supplée-je pas en ces lignes par une sournoise dialectique ? Je ne saurais le dire. Je me souviens seulement que je rentrai chez moi, désintéressé de toute distraction, l'esprit calme et soumis comme à quelque irréfragable loi.

## GARES ET TRAINS

**La littérature du XIXe siècle a été fascinée par deux machines : la machine à produire des images d'une part (la photographie), la machine à produire de l'énergie d'autre part, la machine à vapeur. Innombrables sont les textes, qu'ils soient en prose (Jules Verne, Maupassant) ou en vers (Alfred de Vigny ; Henry Fèvre et Louis Desprez, disciples naturalistes de Zola, coauteurs également d'un roman « scandaleux » de « mœurs rurales », *Autour d'un clocher*, 1884), qui voient dans la locomotive la machine emblématique d'un siècle où s'accélère jusqu'au vertige la circulation des choses, des images, des êtres et des idées. Cela sur le mode réaliste (Joris-Karl Huysmans), sur le mode épique ou messianique (Walt Whitman) ou sur le mode parodique (Charles Cros, Jacques Prévert). Nous ne donnons ici qu'un échantillonnage restreint d'une anthologie qu'il serait aisé de constituer. On observera, chez des auteurs très divers, la fascination pour certaines associations thématiques (la locomotive noire sur la neige blanche), pour certaines**

**images (la personnification de la machine), et la propension à la description épique de la locomotive et des trains en mouvement.**

ALFRED DE VIGNY

A. de Vigny, « La maison du berger » (1844), *Les destinées*, édition critique par V. L. Saulnier, Genève-Paris, Droz-Minard, 1967, p. 44 et suiv.

[...]
Que Dieu guide à son but la vapeur foudroyante
Sur le fer des chemins qui traversent les monts,
Qu'un Ange soit debout sur sa forge bruyante,
Quand elle va sous terre ou fait trembler les ponts,
Et, de ses dents de feu dévorant ses chaudières,
Transperce les cités et saute les rivières,
Plus vite que le cerf dans l'ardeur de ses bonds !

Oui, si l'Ange aux yeux bleus ne veille sur sa route,
Et le glaive à la main ne plane et la défend,
S'il n'a compté les coups du levier, s'il n'écoute
Chaque tour de la roue en son cours triomphant,
S'il n'a l'œil sur les eaux et la main sur la braise,
Pour jeter en éclats la magique fournaise,
Il suffira toujours du caillou d'un enfant.

Sur le taureau de fer qui fume, souffle et beugle,
L'homme a monté trop tôt. Nul ne connaît encor
Quels orages en lui porte ce rude aveugle,
Et le gai voyageur lui livre son trésor ;
Son vieux père et ses fils, il les jette en otage
Dans le ventre brûlant du taureau de Carthage,
Qui les rejette en cendre aux pieds du Dieu de l'or.

Mais il faut triompher du temps et de l'espace,
Arriver ou mourir. Les marchands sont jaloux,
L'or pleut sous les charbons de la vapeur qui passe,
Le moment et le but sont l'univers pour nous.
Tous se sont dit : « Allons ! » Mais aucun n'est le
[maître
Du dragon mugissant qu'un savant a fait naître ;
Nous nous sommes joués à plus fort que nous tous.

Eh bien ! que tout circule et que les grandes
[causes
Sur les ailes de feu lancent les actions,
Pourvu qu'ouverts toujours aux généreuses choses,
Les chemins du vendeur servent les passions !
Béni soit le Commerce au hardi caducée,
Si l'Amour qui tourmente une sombre pensée,
Peut franchir en un jour deux grandes nations !
[...]

Évitons ces chemins. — Leur voyage est sans
[grâces
Puisqu'il est aussi prompt, sur ses lignes de fer,
Que la flèche lancée à travers les espaces
Qui va de l'arc au but en faisant siffler l'air.
Ainsi jetée au loin, l'humaine créature
Ne respire et ne voit, dans toute la nature,
Qu'un brouillard étouffant que traverse un éclair.

On n'entendra jamais piaffer sur une route
Le pied vif du cheval sur les pavés en feu ;
Adieu, voyages lents, bruits lointains qu'on écoute,
Le rire du passant, les retards de l'essieu,
Les détours imprévus des pentes variées,
Un ami rencontré, les heures oubliées,
L'espoir d'arriver tard dans un sauvage lieu.

La distance et le temps sont vaincus. La science
Trace autour de la terre un chemin triste et droit.
Le Monde est rétréci par notre expérience
Et l'équateur n'est plus qu'un anneau trop étroit.
Plus de hasard. Chacun glissera sur sa ligne
Immobile au seul rang que le départ assigne,
Plongé dans un calcul silencieux et froid.
[...]

Leur maison était proche du coin, naturellement planté de barreaux rouges et de raisins en tôle bleue, de cette rue et de la rue du Château. Leur chambre, à elles, prenait jour derrière le logis, sur la voie du chemin de fer de l'Ouest. À cet endroit, la ligne était coupée par un pont suspendu et grillagé à hauteur d'homme et, au-dessous, un passage à niveau s'ouvrait pour les voitures, surmonté d'une tour en bois, agrémentée d'horloges.

J.-K. Huysmans, *Les sœurs Vatard* (1879), Paris, V.G.E., 10-18, 1975, p. 248 et suiv.

Pendant les premiers temps, les jeunes filles avaient trouvé tout ce grouillement, toute cette vie de machines très divertissants. Aujourd'hui qu'elles étaient habituées au bruit, elles ne constataient plus qu'un insupportable inconvénient, celui d'avoir à foison chez soi de la poussière de charbon et de la fumée noire. [...]

Une odeur de charbon brûlé, de fonte qui chauffe, de vapeur et de suie, de fumée d'eau et d'huiles grasses, montait. Au loin, la gare s'estompait, dans une buée jaune, étoilée par les points orangés des gaz, par les lanternes blanches des voies laissées libres.

Le ciel semblait charrier derrière l'embarcadère des nuées plus torrentueuses et plus lourdes, et au-dessus des deux triangles enflammés des vitres, un cadran s'allumait, rondissant comme une lune traversée par deux barres noires.

Presque en face de la fenêtre, un amas de bâtisses dont les pieds disparaissaient dans l'ombre découpaient l'arête de leurs toits sur l'obscurité qui devenait moins dense à mesure que le regard s'élevait ; puis, serrée entre des palissades et des masures, des carrés de choux et des arbres, la voie s'épandait à l'infini, striée par des rails qui luisaient sous le rayon des lanternes comme de minces filets d'eau.

Deux locomotives manœuvraient, mugissant, sifflant, demandant leur route. L'une se promenait lentement, éructant par son tuyau des gerbes de flammèches, pissant à petits coups, laissant tomber, de son bas-ventre ouvert, des braises, gouttes à gouttes. Puis une vapeur rouge l'enveloppa du faîte aux roues, sa bouche béante flambait et, se redressant et se recourbant, une ombre noire passait devant l'éblouissement de la fournaise, bourrant la gueule de la bête de pelletées de tourbe.

Elle rugissait, et grondait soufflant plus fort, la panse arrondie et suante, et, dans le grommellement de ses flancs, le cliquetis de la pelle sur le fer de sa bouche sonnait plus clair. L'autre machine courait dans un tourbillon de fumée et de flammes, appelant l'aiguilleur pour qu'il la dirigeât sur une voie de garage, signalée au loin par le feu jaune d'un disque, et elle ralentissait sa marche, dardant des jets de vapeur blanche, faisant onduler sur le zigzag d'un rail qui reliait deux voies, la jupe de son tender, piquée d'un rubis saignant.

Sur le côté, une luciole verte scintillait, indiquant une bifurcation, et des siflets, tantôt aigus et comme impatientés, tantôt étouffés et comme implorants, se croisaient.

Un son de trompe courut, se répercuta, s'affaiblit et de nouveau brama, d'intervalles en intervalles. Les gardiens fermaient les barrières du passage à niveau, — un train de grande ligne s'avançait au loin, — Un renâclement farouche, un cri strident, trois fois répété, déchira la nuit, puis deux fanaux, semblables à d'énormes yeux, coururent sur le rail qui miroita, à mesure que le train roulait. La terre trembla, et, dans une buée blanche, tisonnée d'éclairs, dans une rafale de poussière et de cendre, dans un éclaboussement d'étincelles, le convoi jaillit avec un épouvantable fracas de ferrailles secouées, de chaudières hurlantes, de pistons en branle ; il fila sous la fenêtre, son grondement de tonnerre s'éteignit, l'on n'aperçut bientôt plus que les trois lanternes rouges du dernier wagon, et alors retentit le bruit saccadé des voitures sautant sur les plaques tournantes.

Des hommes se mouvaient confusément sur la route laissée libre par le passage du train ; le fil des signaux grinça ; une tache de sang troua la sombreur du ciel, abritant la voie interdite ; les barrières se rouvrirent, les haquets passèrent.

La nuit était complètement tombée. Aucun train ne sillonnait l'espace ; l'on entendait seulement au loin, près de la gare de Ceinture, une machine qui ululait et semblait sangloter dans l'ombre ; parfois des bouffées de vent s'engouffraient dans les fils du télégraphe et les faisaient vibrer avec un aigre cliquetis qui s'éteignait lamentable comme une plainte, puis la voix des locomotives en partance roulait, profonde et basse ; sous le pont, une hutte d'aiguilleur entrouvrit sa fenêtre et un rayon de lampe sauta dans le fouillis du lierre qui l'encadrait et s'y débattit. La lucarne se refermait, un mince filet d'or rose se brisa sur la grappe éraflée des feuilles, zigzagua rapidement, puis tout redevint noir ; à gauche, deux hommes, assis sur un banc, causaient, et le feu de leurs pipes luisant dans l'ombre faisait entrevoir dans un soudain éclair, des côtés de visages, des tranches de nez, des bouts de doigts. — Plus loin enfin, sept ou huit machines, perdues dans la nuit, le dos tourné et le trou béant, fumaient. On eût dit des lunes rouges, rangées les unes à côté des autres, et les lunes jaunes des cadrans de l'embarcadère et du pont s'élevaient plus haut, dominées encore par le disque étincelant de la lune qui, émergeant des nues comme d'un lac d'eau sombre, poudra de sa limaille d'argent tout le champ des manœuvres. [...]

Par désœuvrement, elles observaient les moindres détails du chemin de fer, le miroitement des poignées de cuivre des voitures, les bouillons de leurs vitres ; écoutaient le tic-tac du télégraphe, le bruit doux que font les wagons qui glissent, poussés par des hommes ; considéraient les couleurs différentes des fumées de machines, des fumées qui variaient du blanc au noir, du bleu au gris et se teintaient parfois de jaune, du jaune sale et pesant des bains de Barège ; elles reconnaissaient chaque locomotive, savaient son nom, lisaient sur son flanc l'usine où elle était née : chantiers et ateliers de l'Océan, Cail et Compagnie, usine de Graffenstaden, Kœchlin à Mulhouse, Schneider au Creusot, Gouin aux Batignolles, Claparède à Saint-Denis, participation Cail, Parent, Schalken et Compagnie de Fives-Lille ; et elles se montraient la différence des bêtes, les frêles et les fortes, les petiotes sans tenders pour les trains de banlieue, les grosses pataudes pour les convois à marchandises.

Puis, leur attention se fixait sur une machine en panne et elles regardaient le monstrueux outillage de ses roues, le remuement d'abord silencieux et doux des pistons entrant dans les cylindres, puis leurs efforts multipliés, leurs va-et-vient rapides, toute l'effroyable mêlée de ces bielles et de ces tiges ; elles regardaient les éclairs de la boîte à feu, les dégorgements des robinets de vidange et de purge ; elles écoutaient le hoquet de la locomotive qui se met en marche, le sifflement saccadé de ses jets, ses cris stridulés, ses ahans rauques.

Comme il le disait, la nature a fait son temps ; elle a définitivement lassé par la dégoûtante uniformité de ses paysages et de ses ciels, l'attentive patience des raffinés. Au fond, quelle platitude de spécialiste confinée dans sa partie, quelle petitesse de boutiquière tenant tel article à l'exclusion de tout autre, quel monotone magasin de prairies et d'arbres, quelle banale agence de montagnes et de mers !

J.-K. Huysmans, *À rebours* (1884), Paris, Gallimard, Folio, 1977, p. 107-109.

Il n'est, d'ailleurs, aucune de ses inventions réputées si subtile ou si grandiose que le génie humain ne puisse créer ; aucune forêt de Fontainebleau, aucun clair de lune que des décors inondés de jets électriques ne produisent ; aucune cascade que l'hydraulique n'imite à s'y méprendre ; aucun roc que le carton-pâte ne s'assimile ; aucune fleur que de spécieux taffetas et de délicats papiers peints n'égalent !

À n'en pas douter, cette sempiternelle radoteuse a maintenant usé la débonnaire admiration des vrais artistes, et le moment est venu où il s'agit de la remplacer, autant que faire se pourra, par l'artifice.

Et puis, à bien discerner celle de ses œuvres considérée comme la plus exquise, celle de ses créations dont la beauté est, de l'avis de tous, la plus originale et la plus parfaite : la femme ; est-ce que l'homme n'a pas, de son côté, fabriqué, à lui tout seul, un être animé et factice qui la vaut amplement, au point de vue de la beauté plastique ? est-ce qu'il existe, ici-bas, un être conçu dans les joies d'une fornication et sorti des douleurs d'une matrice dont le modèle, dont le type soit plus éblouissant, plus splendide que celui de ces deux locomotives adoptées sur la ligne du chemin de fer du Nord.

L'une, la Crampton, une adorable blonde, à la voix aiguë, à la grande taille frêle, emprisonnée dans un étincelant corset de cuivre, au souple et nerveux allongement de chatte, une blonde pimpante et dorée, dont l'extraordinaire grâce épouvante lorsque, raidissant ses muscles d'acier, activant la sueur de ses flancs tièdes, elle met en branle l'immense rosace de sa fine roue et s'élance toute vivante, en tête des rapides et des marées !

L'autre, l'Engerth, une monumentale et sombre brune aux cris sourds et rauques, aux reins trapus, étranglés dans une cuirasse en fonte, une monstrueuse bête, à la crinière échevelée de fumée noire, aux six roues basses et accouplées ; quelle écrasante puissance lorsque, faisant trembler la terre, elle remorque pesamment, lentement, la lourde queue de ses marchandises !

Il n'est certainement pas, parmi les frêles beautés blondes et les majestueuses beautés brunes, de pareils types de sveltesse délicate et de terrifiante force ; à coup sûr, on peut le dire : l'homme a fait, dans son genre, aussi bien que le Dieu auquel il croit.

Ces réflexions venaient à des Esseintes quand la brise apportait jusqu'à lui le petit sifflet de l'enfantin chemin de fer qui joue de la toupie, entre Paris et Sceaux ; sa maison était située à vingt minutes environ de la station de Fontenay, mais la hauteur où elle était assise, son isolement, ne laissaient pas pénétrer jusqu'à elle le brouhaha des immondes foules qu'attire invinciblement, le dimanche, le voisinage d'une gare.

Henry FÈVRE et Louis DESPREZ

CHAUFFEURS

L'aube grise pâlit ; sur la plaine dormant
La pluie aux traits brumeux étend de légers voiles,
Au loin le train rougeoie et gronde sourdement,
Crachant dans la fumée un tourbillon d'étoiles.

H. Fèvre et L. Desprez, *La locomotive*, Paris, Marpon et Flammarion, 1883, p. 127.

Sur les rails échauffés tombent des braises d'or ;
Des sifflets déchirants frémissent dans l'espace,
Et les bourgeois pesants qui sommeillent encor
S'éveillent au fracas du noir convoi qui passe.

Grillés par la fournaise et fouettés par le vent,
Sur la machine en feu s'agitent deux fantômes ;
Dans un ciel cotonneux le jour en se levant,
Découpe la figure étrange de ces hommes.

Tisonnant le brasier d'un long crochet de fer,
Le bras toujours actif, la pensée asservie,
Ils sont là, jour et nuit, dans des lueurs d'enfer,
Guidant les voyageurs au péril de leur vie.

Le sayon tout souillé se colle sur leur dos ;
Une noire sueur de leur face ruisselle,
Et la bise d'hiver les glace jusqu'aux os,
Et leurs doigts sont roussis par des jets d'étincelle.

De loin en loin, poussant un aigu sifflement,
Le convoi ralentit sa course dans la plaine,
Et le monstre s'ébroue et souffle bruyamment
Comme un cheval brisé qui veut reprendre haleine.

Il s'arrête soudain, respire à coups pressés,
Lance par ses évents une salive blanche ;
Un long ronflement sort de ses flancs oppressés,
Le bruit de la vapeur captive qui s'épanche.

Des lanternes, là-bas, courent le long du quai ;
Les appels de la cloche, une voix qui s'enrhume,
Des timbres bourdonnant, du fer entrechoqué,
Des jurements, des pas se croisent dans la brume.

Le train a disparu, brusque comme l'éclair,
Ne laissant sur les rails qu'un peu de cendre grise ;
Un nuage léger s'évanouit dans l'air ;
Un sourd fracas décroît et se perd dans la brise.

LÉON CLADEL

L. Cladel, *Kerkadec garde-barrière*, Paris, Delille et Vigneron, 1884.

On s'en souviendra des préludes de cette longue tempête polaire qui sévit l'année précédente, en nos climats tempérés. Huit jours durant, la neige tomba lourde, tassée, opaque, sans trêve ni merci. Vingt couches superposées s'amoncelaient, ici s'arrondissant en boules, là se quarrant en cubes, plus loin s'élançant en colonnes. Et ces amas innombrables durcirent, se pétrifièrent. Toute la végétation était couverte de givre ; une pluie menue immédiatement convertie en verglas, rendant la marche presque impossible, on voyageait en traîneau, de même que les peuplades des régions hyperboréennes ; si les piétons étaient chaussés de feutre, les chevaux avaient les fers blindés de paille, et l'embâcle de la Seine charmait les Russes, de séjour à Paris, qui songeaient à celui que leur offre en décembre et janvier la Néva. Devenues impraticables, les routes étaient aussi désertes que la campagne qu'elles sillonnaient et dont on les distinguait à peine, surtout dans la banlieue ; et les communications interceptées presque partout ne demeuraient libres entre la capitale et les communes suburbaines, qu'au prix d'une lutte acharnée contre les éléments et de sacrifices excessifs. Soir et matin, à chaque instant, une armée de mercenaires la pioche ou la pelle en main, échelonnée au long des lignes ferrées, sapait, balayait, désobstruait le terrain où nombre d'entre eux, frappés de congestion cérébrale, se renversaient comme des soldats à l'assaut et ne se relevaient plus. Et la nuit, quel spectacle ! À l'intérieur des gares cernées d'éphémères montagnes albines, mais non moins solides momentanément que les silex et les granits, les appareils électriques tintinnabulaient sans cesse, et comme au-dehors le feu des disques, jaunes, verts, rouges, orange, violets, bleus, toutes les couleurs de l'arc-en-ciel, ne pouvait percer les brumes hivernales, on avait installé, naguère, au faîte des maisons riveraines du tracé, pour transmettre les signaux, des piles voltaïques dont les jets de lumière se projetaient irrésistiblement vers les convois. Souvent ceux-ci stationnant sur tel ou tel point, enlisés jusqu'à leurs ventres d'airain ou de bronze, adressaient au loin des clameurs de détresse, impérieuses, brèves, précipitées, stridentes, jusqu'à ce qu'ils fussent débloqués et remorqués à grand renfort de bétail humain. Alors derrière l'attelage, au milieu de lividités écliptiques et spectrales, ils s'avançaient exhalant des laves huileuses chargées de suie et d'escarbilles, mugissant, rugissant, hurlant au milieu d'un tourbillon d'étincelles, ainsi que les gorgones, hippogriffes et dragons que chevauchent les preux du cycle chevaleresque, lâchant des excréments ignés sur les rails qui dans la blancheur ambiante s'allongeaient semblables à de noirs serpents de mer aux vertèbres infinies, et telle était l'intensité du froid, que l'haleine embrasée de ces monstres créés par le génie des Prométhées contemporains, se résolvait en paillettes de cristal, en poussière de diamant, en rosée de pierreries, et qu'à leurs gueules fumantes, à leurs yeux injectés de sang et de flammes, s'accrochaient d'énormes et difformes stalactites que l'action combinée des chaudières et des fournaises ne parvenait point à fondre. Arrêté plus ou moins longtemps, le mouvement général recommençait illico, des sifflements et des renâclements féroces, alternés ou simultanés, se mêlant aux sanglots des trompes, déchiraient l'air, et ronflantes, incandescentes, voilées d'un bouillon tumultueux de gazes noires, les bêtes de métal conduites par des dompteurs pareils à des démons, pulvérisaient sous leurs roues massives, entre les talus marmorisés unis comme des remparts, une pyramide de glaçons écroulés ou de larges aiguilles de verre arborescentes et plus tranchantes que des épées et des faux. À la Noël, la température atteignit son maximum d'acuité. La semaine d'après il fallut doubler, tripler la vapeur ; une machine en queue, une ou deux autres en tête, les trains emportés et poussés glissaient par saccades en râlant, grommelant, écumant, sifflant, et tandis qu'environnés d'éclairs et de fumée, ils s'éloignaient ou se rapprochaient de la ville souveraine dont le vaisseau symbolique, accrochant à ses mâts insubmersibles des myriades de phares et d'astres, bravait l'effort des banquises, une série de pétards, disposés de cent mètres en cent mètres sur le railway, détonaient comme des mousquets ou des bombardes, avertissant à chaque minute les vigies soit en amont, soit en aval...

G. de Maupassant, *Bel-Ami* (1885) 1re partie, chap III, Folio, Paris, Gallimard, 1973, p. 62 et suiv.

Il revint à grands pas, gagna le boulevard extérieur, et le suivit jusqu'à la rue Boursault qu'il habitait. Sa maison, haute de six étages, était peuplée par vingt petits ménages ouvriers et bourgeois, et il éprouva en montant l'escalier, dont il éclairait avec des allumettes-bougies les marches sales où traînaient des bouts de papiers, des bouts de cigarettes, des épluchures de cuisine, une écœurante sensation de dégoût et une hâte de sortir de là, de loger comme les hommes riches, en des demeures propres, avec des tapis. Une odeur lourde de nourriture, de fosse d'aisances et d'humanité, une odeur stagnante de crasse et de vieille muraille, qu'aucun courant d'air n'eût pu chasser de ce logis, l'emplissait du haut en bas.

La chambre du jeune homme, au cinquième étage, donnait, comme sur un abîme profond, sur l'immense tranchée du chemin de fer de l'Ouest, juste au-dessus de la sortie du tunnel, près de la gare des Batignolles. Duroy ouvrit sa fenêtre et s'accouda sur l'appui de fer rouillé.

Au-dessous de lui, dans le fond du trou sombre, trois signaux rouges immobiles avaient l'air de gros yeux de bête ; et plus loin on en voyait d'autres, et encore d'autres, encore plus loin. À tout instant des coups de sifflet prolongés ou courts passaient dans la nuit, les uns proches, les autres à peine perceptibles, venus de là-bas, du côté d'Asnières. Ils avaient des modulations comme des appels de voix. Un d'eux se rapprochait, poussant toujours son cri plaintif qui grandissait de seconde en seconde, et bientôt une grosse lumière jaune apparut, courant avec un grand bruit ; et Duroy regarda le long chapelet des wagons s'engouffrer sous le tunnel. [...]

Et il retourna s'accouder à la fenêtre, juste au moment où un train sortait du tunnel avec un bruit subit et violent. Il s'en allait là-bas, à travers les champs et les plaines, vers la mer. Et le souvenir de ses parents entra au cœur de Duroy.

Il allait passer près d'eux, ce convoi, à quelques lieues seulement de leur maison. Il la revit, la petite maison, au haut de la côte, dominant Rouen et l'immense vallée de la Seine, à l'entrée du village de Canteleu. [...]

Le sifflet strident d'une locomotive qui, sortie toute seule du tunnel, comme un gros lapin de son terrier, et courant à toute vapeur sur les rails, filait vers le garage des machines, où elle allait se reposer, le réveilla de son songe.

WALT WHITMAN

À UNE LOCOMOTIVE EN HIVER

W. Whitman, *Feuilles d'herbes* (1855-1872), trad. franç. de Léon Bazalgette, Paris, Mercure de France, 2 vol., 1960, chap II, p. 243.

Toi pour mon récitatif,
Toi dans la tourmente battante telle qu'en ce moment même, la neige, le jour d'hiver qui décline,
Toi, en ton armure, ta double palpitation cadencée et ton battement convulsif,
Ton corps noir cylindrique, cuivres d'or, acier d'argent,
Tes lourdes barres latérales, bielles parallèles et d'accouplement, qui tournent et font la navette à tes flancs,
Ton halètement, grondement rythmique, qui tantôt s'enfle, tantôt décroît dans le lointain,
Ton grand réflecteur en saillie fixé à ton avant,
Tes longues, pâles, flottantes oriflammes de vapeur, teintées de fine pourpre,
Tes épais nuages noirs vomis par ta cheminée,
Ton ossature bien jointe, tes ressorts et soupapes, le scintillement qui tremble à tes roues,
Ton train de voitures derrière, obéissantes, gai cortège,

À travers rafale ou calme, tantôt rapide, tantôt ralenti, mais toujours à la course ;
Type du moderne — emblème de mouvement et puissance — pouls du continent,
Viens cette fois servir la Muse et t'amalgamer aux vers, telle même qu'ici je te vois,
Avec la tourmente et les coups de vent batailleurs et la neige qui tombe,
Le jour, ta cloche qui sonne avertisseuse jetant ses notes,
La nuit, tes lanternes fanaux en silence oscillant.

Beauté à la voix féroce !
Roule à travers mon chant avec toute ta musique sauvage, tes lanternes oscillantes la nuit,
Ton rire au sifflement fou qui retentit, roule comme un tremblement de terre, réveillant tout,
Complète la loi de toi-même, ta propre voie fermement suivie,
(Point toi douceur bonasse ni larmoiement de harpe ni fadaises du piano),
Tes trilles de cris perçants par rocs et collines renvoyés,
Jetés par-delà les prairies vastes, à travers les lacs,

Aux libres cieux, effrénés, joyeux et forts.

FRANÇOIS COPPÉE

F. Coppée, « Le coup de tampon », *Les paroles sincères* (1891), dans *Poésies complètes* de François Coppée, Paris, Lemerre, 3 vol., s.d., vol. 2, p. 64 et suiv.

[...]
Le rapide, à travers la claire solitude,
Vertigineusement roule, galope et fuit.
Il vomit de la flamme, et l'insecte de nuit
Dans le sillage ardent vient brûler son élytre.
Marc Lefort, attentif, calme, l'œil à la vitre,
Touchant les cuivres chauds avec tranquillité,

Semble un héros vainqueur sur un monstre dompté,

Mais voici la lueur d'une gare importante ;
Et Marc voit devant lui, sous la lune éclatante,
Tout un réseau confus de rails s'entre-croiser.
Place ! Il n'a qu'à siffler au disque qu'à passer.
On doit faire partout libre voie au rapide.

Mais tout à coup, il a frémi, Marc l'intrépide !
Son cœur se crispe ; il sent un frisson le saisir ?
Là ! devant lui... Cet œil de feu qu'il voit grossir,
Grossir !... et ce tuyau qui grandit et se montre !...
Tonnerre ! C'est un train qui vient à sa rencontre !...
Le chauffeur, dont les yeux soudain deviennent fous,
Se jette dans le vide en criant : « Sauvons-nous ! »
— Et le choc aura lieu dans quatre ou cinq secondes...
[...]

Oh ! quel choc ! Les wagons heurtés violemment
Font entendre un sinistre et profond craquement.
Les deux machines ont une lutte effrayante ;
Et, crachant la vapeur, la flamme et l'eau bouillante,
Par leurs flancs où rugit un monstrueux travail,
Les deux dragons de fer se mordent au poitrail.

Comme toujours, dans ces terribles aventures,
Les voyageurs se sont jetés hors des voitures
Et courent en poussant des hurlements d'effroi.
Mais la gare est très proche et se met en émoi.
Par ici !... Du secours !... Enfin, de la lumière !...
Chacun se calme un peu de sa frayeur première.
On s'empresse aux wagons ! Ah ! fort heureusement,
Plus de peur que de mal ! Deux blessés seulement.
Aucun mort. Si, pourtant. Un seul, — c'est pitoyable ! —
Le mécanicien de l'express, pauvre diable,
Qu'on trouve, brûlé vif, horrible, agonisant,
Sur les débris de sa machine, dans son sang !

Comme a fait son chauffeur, il pouvait fuir en lâche.
Non ! martyr du devoir, victime de sa tâche,
Jusqu'au dernier moment, — sûr de mourir, sans peur, —
Il a serré le frein, arrêté la vapeur ;
Et sans lui, l'accident serait cent fois plus grave.

Certes, autour du mort, on dit : « C'était un brave ! »
Mais elle est brève, hélas ! la pitié des heureux.
Vite, on jette un manteau sur ce cadavre affreux
Dont l'aspect épouvante et dégoûte les dames.

Et nul ne peut savoir que le pire des drames
S'est passé dans cet homme avant qu'il expirât,
Que ce héros fut près d'agir en scélérat,
Qu'un instinct généreux triompha de sa haine,
Que son âme vainquit en lui la bête humaine[1],
Et qu'entre deux partis à prendre ayant le choix,
Marc l'anarchiste est mort pour sauver les bourgeois !

JACQUES PRÉVERT

### NOCIVITÉ DE L'IMBÉCILLITÉ

J. Prévert, *Soleil de minuit*, Paris, Gallimard, 1980, p. 203.

Saouls, des permissionnaires en route vers la gare de l'Est, à chaque station passaient la tête par la portière et gueulaient un refrain imbécile et déjà ancien :

*Il est cocu le chef de gare !*

Cette chanson bien française est aussi connue que tas d'autres très belles et jamais oubliées, mais sa dérisoire nocivité perturbe encore la cérémonie nuptiale quand un chef de gare se marie.

1. On notera l'expression « bête humaine ».

Bien sûr, personne ne la chante ni même ne la fredonne mais de discrets clins d'œil et de fines allusions se mêlent aux cris de vive la mariée !

Dans la bête Humaine, de Zola, un chef de gare est « trompé » mais les soldats, dans un train fou qui va dérailler ne chantent pas ce refrain.

Ils hurlent simplement « à Berlin, à Berlin[1]. »

1. Jacques Prévert amalgame ici la fin de *La bête humaine* (le train fou) et les cris de la fin de *Nana* (« À Berlin ! »).

# III. GENÈSE DE L'ŒUVRE

**Le « Dossier préparatoire » (manuscrit de 733 folios) de *La bête humaine* est conservé à la Bibliothèque nationale de Paris. Il comprend une « Ébauche » générale, des plans plus ou moins détaillés, des notes documentaires, des fiches récapitulatives sur les personnages, des essais de titres, des coupures de presse, des notes de lecture et diverses lettres de correspondants auxquels Zola demandait des renseignements techniques. Certaines lettres de Zola à ses correspondants, comme le critique hollandais Jacques Van Santen Kolff (voir *Correspondance*, Paris, C.N.R.S, 1983, tome IV), grand admirateur du romancier, renseignent également utilement sur la genèse du roman.**

## LETTRES DE ZOLA

*À Jacques Van Santen Kolff*

Médan, 6 juin 1889.

Mon cher confrère.

J'ai bien tardé à vous donner signe de vie. Il ne faut pas m'en vouloir, j'ai eu la haine de l'encre, tous ces derniers mois. Mais me voici revenu à Médan, et depuis un mois, je me suis remis au travail. J'ai commencé mon nouveau roman, *La bête humaine*, le 5 mai, et en voit pour sept à huit mois à me dévorer.

Vous me posez des questions auxquelles je vais tâcher de répondre. D'abord, je ne me souviens pas de l'article de *L'Événement* : ne vous étonnez donc point si je me répète.

Si je n'ai pas pris Étienne Lantier, c'est que ses précédents, dans *Germinal*, me gênaient par trop. J'ai donc préféré créer un nouveau fils de Gervaise,

Jacques Lantier, qui sera un frère d'Étienne et de Claude : elle aura eu trois fils, voilà tout, et je compléterai l'arbre généalogique à la fin. Déjà, j'ai dû créer ainsi Angélique. J'espère qu'on me pardonnera ces retouches, d'autant plus que, sur tous les autres points, mon plan primitif a été suivi avec une extrême rigueur.

Quant au titre, *La bête humaine*, il m'a donné beaucoup de mal, je l'ai cherché longtemps. Je voulais exprimer cette idée : l'homme des cavernes reste dans l'homme de notre dix-neuvième siècle, ce qu'il y a en nous de l'ancêtre lointain. D'abord, j'avais choisi : « Retour atavique ». Mais cela était trop abstrait et ne m'allait guère. J'ai préféré *La bête humaine*, un peu plus obscur, mais plus large : et le titre s'imposera, lorsqu'on aura lu le livre.

Je ne puis guère vous dire tout au long le sujet, qui est assez compliqué, et dont les rouages nombreux mordent profondément les uns dans les autres. C'est en somme l'histoire de plusieurs crimes, dont l'un central. Je suis très content de la construction du plan, qui est peut-être le plus ouvragé que j'aie fait, je veux dire celui dont les diverses parties se commandent avec le plus de complication et de logique. L'originalité est que l'histoire se passe d'un bout à l'autre sur la ligne du chemin de fer de l'Ouest, de Paris au Havre. On y entend un continuel grondement de trains : c'est le progrès qui passe, allant au vingtième siècle, et cela au milieu d'un abominable drame, mystérieux, ignoré de tous. La bête humaine sous la civilisation.

Le roman passera dans *La Vie populaire*, un journal qui jusqu'à présent n'a donné que des reproductions. Je préfère ces journaux hebdomadaires aux journaux quotidiens.

Rien n'a été plus simple, mais rien n'a été plus long que l'étude du milieu et que la recherche des documents. Pendant tout l'hiver, j'ai fréquenté la gare Saint-Lazare, j'ai parcouru la ligne de l'Ouest, regardant, faisant causer, revenant mes poches pleines de notes.

Et voilà pour cette fois, mon cher confrère. Merci des deux bonnes traductions que vous m'envoyez encore, et veuillez me croire votre bien dévoué et bien reconnaissant.

Médan, 22 juin 1889.

Mon cher confrère,

En hâte, je vous réponds, et excusez-moi si la réponse est brève. Je n'ai plus que quatre volumes à écrire pour terminer *Les Rougon-Macquart*, et la place me manquant, je vais être obligé de tasser un peu les uns sur les autres les mondes qu'il me reste à étudier. C'est pourquoi, dans le cadre d'une étude sur les chemins de fer, je viens de réunir et le monde judiciaire et le monde du crime. Naturellement, tout cela sera réduit : par exemple, j'abandonne le tableau d'une exécution capitale, et bien d'autres. — Mon idée d'une étude sur les chemins de fer date de très loin, du plan général de la série. Seulement, j'ai déjà un peu abusé des machines, dans *Germinal*, et c'est pourquoi, ne voulant pas me répéter, j'ai réduit le chemin de fer à n'être plus qu'un cadre, dans lequel j'étudierai la dégénérescence criminelle, chez un de mes Rougon-Macquart. J'ai trouvé là une opposition philosophique qui est l'idée centrale de mon nouveau roman, et qui m'a décidé. Le chemin de fer tout seul ne m'aurait donné qu'une monographie, et, je le répète, *Germinal* suffisait.

Il m'est difficile de vous expliquer le choix des lieux où se passe mon roman, sans entrer dans de trop longues explications. D'abord, il se passe surtout au Havre, puis à Paris, puis à Rouen, et enfin dans un poste de cantonnement, au sortir du tunnel de Malaunay, avant la station de Barentin. Le choix de ce poste m'a été imposé par l'intrigue même de l'œuvre. Il faut que certaines scènes se passent là, parce qu'elles ne peuvent pas se passer ailleurs. Après avoir arrêté le point, j'ai fait le voyage pour connaître bien le pays ; j'ai poussé jusqu'au Havre : enfin, j'ai recueilli les notes nécessaires, comme d'habitude.

Je lirai avec plaisir la traduction de l'article d'Amsterdam, et je vous remercie à l'avance.

Bien cordialement à vous.

*À Jules Lemaitre*

Paris, 9 mars 1890.

Je suis très flatté, mon cher confrère, et un peu confus, de l'étude que vous avez publiée sur *La bête humaine*[1], car il s'y trouve de bien gros éloges, même pour un homme que la légende dit orgueilleux.

Mais ce qui m'a ravi surtout, c'est que vous avez expliqué mon œuvre. J'avais une peur terrible qu'elle ne fût prise pour une fantaisie sadique. Et je n'ai plus peur, vous avez donné la note juste, tous vont vous suivre.

Certes, oui, je commence à être las de ma série, ceci entre nous. Mais il faut bien que je la finisse, sans trop changer mes procédés. Ensuite, je verrai, si je ne suis pas trop vieux, et si je ne crains pas trop qu'on m'accuse de retourner ma veste.

Merci bien sincèrement, et veuillez me croire, mon cher confrère, votre dévoué et cordial.

1. Voir ci-après, p. 168.

Je voudrais, après *Le Rêve*, faire un roman tout autre ; d'abord dans le monde réel ; puis sans description, sans art visible, sans effort, écrit d'une plume plus courante ; du récit simplement ; et comme sujet, un drame violent à donner le cauchemar à tout Paris, quelque chose de pareil à *Thérèse Raquin*, avec un côté de mystère, d'au-delà, quelque chose qui ait l'air de sortir de la réalité (pas d'hypnotisme, mais une force inconnue, à arranger, à trouver). Le tout, dans une grande passion évidemment. L'amour et l'argent mêlés. Mais surtout l'amour, voire la jalousie.

« Ébauche », f^os^ 337-433.

Je n'ai absolument, comme héros à employer qu'Étienne Lantier, mon Étienne de *Germinal*. Il est né en 1846. (Élection de la mère, ressemblance physique de la mère, puis du père. Hérédité de l'ivrognerie se tournant en folie homicide. État de crime.) Si [je] le prends en (69) 70, après les événements de *Germinal*, il n'a donc que vingt-quatre ans. Cela peut aller, en ne pas trop insistant sur l'âge. Il est jeune voilà tout. Il faudra tenir compte de *Germinal* et des idées qu'il y a réunies. Donc la partie socialiste, avec un écho. Je puis le faire entrer comme employé dans un chemin de fer, l'y affiner davantage, presque un monsieur, avec le reflet héroïque de ses aventures dans *Germinal*, et le rendre amoureux d'une femme d'employé supérieur, ou de magistrat, etc. Un coin de perversion chez cette femme qui le ramène en bas, vers cet ouvrier dégrossi. Un type de femme bourgeoise, mais singulière, à créer. Et elle le pousse alors à tuer. — Je ne sais si ce que je pense est bon : par exemple, Étienne est en chemin de fer, au premier chapitre, et il assiste à un meurtre dans de certaines conditions qui l'empêchent d'en parler, de témoigner. Alors, j'ai toute sa lutte, lui mêlé à la magistrature, à l'enquête, toujours près de parler, mais ne parlant pas, pour une raison (?). Une femme évidemment. Et à la fin, tuant lui-même dans les mêmes conditions soit pour empêcher quelqu'un de parler, soit pour posséder la femme. Enfin, un meurtre qui soit la conséquence de l'autre, un meurtre débattu pendant tout le livre. — Ne pas oublier que j'ai mis en lui la folie homicide : justifier. — Cela ne me paraît pas mauvais : un début très dramatique, et une fin qui fait pendant, avec une marche très logique d'un bout à l'autre. Mais ce qui ne me plaît pas, c'est que cela n'est pas général, ne pose pas un problème humain, un cas de conscience. Il n'y a que ceci : parlera-t-il ? Ne parlera-t-il pas ? [...]

L'intérêt du livre, je le répète, serait dans sa généralité, dans son problème humain contemporain. Il faudrait reprendre la théorie du droit au meurtre, en la présentant d'une facon originale. Peut-être pourtant devrais-je plutôt expliquer le meurtre comme une fatalité, ce qui serait strictement dans ma thèse de l'hérédité. Il tue parce qu'il doit tuer, montrer la folie homicide, la logique qui le pousse au meurtre ; et ce qui serait très original, ce serait par là même de combattre la théorie du droit au meurtre. Lorsqu'il dispute ce droit qu'il voudrait croire avoir, la révolte en lui de l'éducation, du milieu, de son intérêt ; et s'il tue, ce n'est pas qu'il croie en avoir le droit, car jamais il n'arrive au fond à se persuader qu'il l'a ; s'il tue, c'est parce que son hérédité, les faits et les circonstances, le poussent à tuer ; aussi, après le meurtre, sa stupeur, son angoisse d'avoir agi en dehors de son raisonnement, de sa volonté. En somme, la psychologie cédant à la physiologie, et cela dans une analyse puissante. [...]

Mais il faudrait creuser un peu plus l'histoire, car je n'ai rien encore. Pour avoir les chemins de fer et la magistrature, il faudrait que j'aie un magistrat et un employé supérieur de chemin de fer. J'aimerais assez que la femme fût la jeune femme d'un chef supérieur des chemins de fer et que le meurtrier tînt à la magistrature. La femme elle-même est la fille d'un magistrat. Sous le crime, je mets une histoire sale d'argent et d'amour. De la pédérastie sans doute. Si l'homme meurt, un héritage. La femme a tout intérêt à ce qu'il meure ; elle le sait pédéraste, elle ne l'aime pas, il la dégoûte : c'est un grand débarras pour elle ; mais elle est compromise, et ne veut pas que la vérité se sache. Mettons alors qu'elle comprenne qu'Étienne peut tout savoir et trouver : elle le tente. — Non, je reviens en arrière, pas de pédérastie ; cela m'égare, me jette dans l'ignoble et le banal. Je n'ai plus d'analyse intéressante. Il faut que le crime soit tout passionnel, pour être simple et puissant. C'est une femme qui fait tuer son mari par son amant. Ou peut-être son amant tue son mari. À moins que ce ne soit le mari qui tue l'amant. On aurait l'affaire Fenayrou compliquée de l'affaire Barrême. Mais l'intérêt original ne m'apparaît pas encore. Je ne veux pas de procès, pas de cour d'assises, au moins pour la première affaire. Rien qu'une instruction, le parquet, la police et le juge d'instruction. Peut-être la cour d'assises à la fin, avec tout le cérémonial, pour juger Étienne, ou un autre, innocent acquitté ou condamné. [...]

Mais le difficile est maintenant la distribution des matières du commencement. Je voulais d'abord commencer par le meurtre, mais outre que cela me prive de plusieurs scènes et ne me donne pas le développement de l'analyse, cela tue le mystère, puisque, tout de suite, on sait qui est le meurtrier. Peut-être vaudrait-il mieux commencer par Étienne, chez le garde-barrière, description de l'endroit de la maison de campagne, le garde-barrière et sa fille, et surtout l'analyse d'Étienne poussé au meurtre. Et cette nuit-là, il voit le meurtre d'un champ désert. Le cadavre relevé, etc. Ce meurtre, devant lui qui a eu envie de tuer. Ensuite, je me transporte dans la gare, l'interrogatoire, l'attitude de la femme, tout ce qu'ils disent, elle et lui, de ce qui peut être dit. J'aurai Paris ensuite avec le juge d'instruction, les meurtriers devant Étienne qui peut savoir. Le profil de femme qui est resté très net, dans un éclair. Et alors, le manège pour prendre Étienne. L'important est de savoir où je renouerai le fil, où je reprendrai pour raconter la découverte du mari, et comment il a forcé sa femme à être complice, et comment il a tué. Dans l'instruction, je donnerai par le juge toute l'histoire de l'amant, de la façon dont il a marié la femme au mari. Un intérêt d'argent à la mort, c'est sur l'intérêt d'argent que le juge s'égare et veut avoir la vérité. Mais il faut que mon retour en arrière soit très saisissant. Je puis l'avoir par ma confession de la femme à Étienne, à un moment tragique : l'arrivée à Paris avec son mari qui vient pour y être grondé, la découverte de tout par le mari dans une chambre d'hôtel, et la querelle folle, la brutalité, puis il la force à être complice, et le meurtre, comment il s'est opéré, comment ils ont regagné leur compartiment. Tout cela serait peut-être mieux direct, mais le mystère y perdrait beaucoup (à voir).

Le premier chapitre, la gare Saint-Lazare, à Paris, avec un départ de nuit, peut très bien ouvrir le livre. Description de la gare, à l'heure voulue, avec les lanternes, etc. Je fais parler Étienne qui a pris deux jours de congé : c'est lui qui devrait conduire le train, et on parle de lui. L'autre mécanicien arrivant, avec la machine. Tout l'attelage du train et le départ, ce qui me donne les personnages secondaires, dont je pourrai avoir besoin : le chef de gare, un conducteur, etc. Puis, je pose l'amant qu'on va assassiner. Il cause avec le chef de gare. Je dis aussi un mot de mon chef de petite gare et de sa femme, selon les besoins. Enfin, j'arrête tout ce qui doit être su du juge d'instruction, tout ce que saura l'enquête : les personnes avec qui monte le magistrat, ce qui égarera le juge, etc. Voir s'il ne faudrait pas poser aussi le chef de la petite gare et sa femme, se hâtant, s'enfermant. L'amant viendrait donner un coup d'œil, ne reconnaîtrait pas et irait plus loin. Pour que ce départ de train fût intéressant, il le faudrait à la fois très vrai et fantomatique, avec une grandeur et comme une fureur poétique par-dessous. C'est la destinée qui s'ébranle et part. De le voir partir, cela accroît la sensation, pour le chapitre du garde-barrière, qui voit tout passer, sans savoir. Il faudrait y mettre beaucoup de monde, mais pas en première. À voir la composition de ce train pour que le monde entier, le grand transit, y soit représenté.

Je ne suis pas encore bien persuadé de la nécessité du mystère. Cela me fait perdre des faits très tragiques, et l'intérêt du mystère, qui est une ficelle du feuilletoniste, ne vaut pas l'intérêt du drame direct. Car après l'affreuse scène de jalousie du mari, l'analyse de son attitude devant Étienne est bien plus tragique. Mais cela est difficile à organiser pour le commencement du livre. [...]

Pour faire sentir le grand transit du chemin de fer, il faudra sans doute prendre le personnage anonyme, la foule. Montrer toujours le flot des voyageurs circulant, et le montrer par la masse et par les particularités : un Anglais qui va aux Indes, un commerçant qui retourne à Londres, des Russes, des Américains, enfin le monde entier. Étienne et le garde-barrière, et d'autres, peuvent finir par connaître certains visages de voyageurs ; ils ignorent qui ils sont, mais ils sont familiers avec leurs visages. C'est l'inconnu connu qui passe. Non seulement le commerce accru, mais aussi l'échange des idées, la transformation des nations, le mélange des races, la marche vers une unification universelle. Des idées qui se répandent, se pénètrent et s'unifient. Et par ce fond, sur roulement mécanique des trains, sur ce résultat social et intellectuel, montrer le *statu quo* du sentiment, la sauvagerie qui est au fond de l'homme par mon drame mystérieux et poignant. Voilà l'hérédité de la bête, le mari qui se rue sur l'amant, Étienne qui tue par atavisme : le lointain homme primitif chez lui, dans son analyse. Besoin de tuer, sans nécessité, ni pour se défendre, ni pour se venger, ni pour voler. J'ai le mari brutal et jaloux que le sang étourdit et qui tue ; j'ai le meurtre par atavisme chez Étienne, le meurtre des nerfs, du détraquement nerveux, sans nécessité ni explication possible ; je voudrais avoir chez le garde-barrière un autre meurtre, le meurtre sournois et bas, pour voler, type à chercher, empoisonneur à la façon de la Cibot de Balzac. Un rôdeur louche et doux, sournois, tuant pour de l'argent, une misère. Un avare, un silencieux doux et sournois, féroce au fond. Il pourrait avoir tué sa femme impotente, et qui mange. Sa fille le sait et le tient en respect. Puis il pourrait tuer un voisin pour le voler, un héritage. Tout cela en face de la civilisation qui passe. Quelque chose de doux et de mystérieux, choisir l'empoisonnement, quelque chose de naïf et de barbare. Impuni d'ailleurs. Il faudra que la fille se fasse écraser par un train, après l'accident qu'elle a déterminé. Tout cela me paraît bon.

## ESSAIS DE TITRES

Pour le progrès. Le réveil du loup. Hors du bois. Les carnassiers. Les fauves. Détruire. Le coup de dents. Ce qu'on ne voit pas. L'ancien meurtre. La soif du sang. En marche. L'Homme mangeur de l'Homme. S'entre-égorger. Tous frères. Le monde en marche. Mal faire. En route pour. Ceux qui tuent. L'humanité en marche. La volonté du meurtre. Vouloir et faire. L'homicide. Le droit au meurtre. Le meurtre incompréhensible. La logique du meurtre. Le fauve. L'assassinat. L'instinct. La victime inno-

« Dossier préparatoire », f^os 297-304

cente. Sans motif sans cause. Pour le plaisir. Sans vouloir. Sans raison. Pour rien. Par instinct. Sans volonté. Sans le vouloir. Par instinct. Du sang quand même et toujours. La suée du meurtre. La bête humaine. L'excuse. Fleur de sang. bête humaine. La gestation du meurtre. L'excrétion. Le meurtre ancestral. Le sauvage ancêtre. Libre arbitre. L'antique talion. L'impulsion. L'ancêtre commun. Derrière les peuples en marche. L'instinct du meurtre. Le mal du meurtre. Né pour tuer. L'atavisme du meurtre. L'appétit du meurtre. Pourquoi l'on tue. Ceux qui tuent. L'inconscient. Le mal héréditaire. Le crime héréditaire. Bergerie. Coupable. Le meurtre originel. Le mal originel. Sans remords. Le meurtre impulsif. Les dessous du progrès. Chez les sauvages. Meurtre volontaire. L'idée du crime. L'isolé. Le monstre. Le mal. Le penchant au meurtre. Le cri de la bête. Les griffes de la bête. La vie des autres. D'où vient le crime. La bête qui mord. Mordre. Atavisme. L'homme primitif. L'âge de la pierre. Atavisme pré-humain. Perversion. L'occasion. L'accident. Avant le meurtre. Le mal de la volonté. L'idée fixe. Le couteau. Civilisation. L'envers du progrès. Ce qui arrive. Pluie rouge. Peau neuve. La passion du meurtre. Au banquet de la vie (de la nature). L'inévitable. Dans le sang. Sous nos conquêtes. Ce qui demeure. L'immuable. Fond de bourbe. L'obscure origine. L'éternel meurtre. La grande soulasse. Le sang humain. L'amour du sang. La folie du couteau. Bêtes fauves. Le sang. Le cas. Satan. L'eau qui dort. L'accès. Retour atavique. Bête humaine. Libre arbitre. L'incurable plaie. L'antique sauvage. L'esclave antique. La folie morale. L'homme sauvage. Les sanguinaires. L'étonnement de l'acte. Le droit de tuer. La folie homicide. Peuples en marche.

# IV. RÉCEPTION ET LECTURE DE L'ŒUVRE

## JULES LEMAITRE

**Jules Lemaitre (1853-1914), auteur dramatique et critique littéraire influent (à la *Revue bleue*, au *Figaro*, à la *Revue des Deux Mondes*), qui fut aussi l'un des chefs de file de la campagne antidreyfusarde, a été — contrairement à un Brunetière — l'un des critiques qui a su le mieux juger l'œuvre de Zola. Il reprend ici des références au genre épique qu'il avait déjà employées à la publication de *Germinal* en 1885. On notera l'allusion à Émile Gaboriau (1835-1873), l'un des premiers auteurs de romans policiers français (*L'affaire Lerouge*, 1866), et la formule « épopée préhistorique », formule qu'appliquera à la lettre l'un des disciples naturalistes de Zola, Rosny aîné (*La guerre du feu*, 1911).**

J. Lemaitre, *Le Figaro*, 8 mars 1890.

Dans son dernier roman, M. Zola étudie le plus effrayant et le plus mystérieux de ces instincts primordiaux : l'instinct de la destruction et du meurtre et son obscure corrélation avec l'instinct amoureux. Il est le poète du fond ténébreux de l'homme, et c'est son œuvre entière qui devrait porter ce titre : *La bête humaine*.

Ici, plus encore que dans *L'Assommoir* ou *Germinal*, les personnages sont purement passifs, absolument soumis, d'une part, à la fatalité intime de leur tempérament, de l'autre, à la pression des objets et des circonstances extérieures. Ils n'agissent que par des impulsions irrésistibles. Ils ne se gouvernent pas. [...] Ces personnages ne sont point des caractères, ce sont des instincts qui parlent, qui marchent, qui se meuvent [...] L'effet de ces simplifications est formidable et beau. Sous des enveloppes empruntées aux trente dernières années de l'humanité, on voit l'action des puissances élémentaires plus antiques que le chaos. La scène où Séverine, dans l'obscurité de la chambre et la chaleur du lit, éprouve l'invincible besoin de raconter à son amant le premier meurtre, et comment elle maintenait par son poids les jambes du vieillard pendant que son mari enfonçait le couteau ; le je ne sais quoi de furieux et de désespéré que la confidence sanglante, chuchotée entre deux baisers, donne à leur bestial et sombre amour [...] non, je ne crois pas avoir jamais vu, sur l'éternel hymen de l'amour et de la mort, de pages plus frissonnantes d'horreur et de mystère. [...]

Je ne veux point parler des autres mérites du roman, ni de ce qu'il offre au milieu de tout cela, d'intérêt à la Gaboriau. Je cherche ce qu'il y a de vraiment grand. Il y a ceci, qu'il est comme un *memento* de nos lointaines origines. Il y a des brutes parmi nous, et innombrables. Nous-mêmes, chrétiens, civilisés, lettrés, artistes, nous avons des mouvements de haine ou d'amour, de concupiscence ou de colère, qui viennent pour ainsi dire de plus loin que nous ; et nous ne savons pas toujours à quoi nous obéissons. Nos chétives et passagères personnes ne sont que les vagues infiniment petites d'un océan de forces impersonnelles, éternelles et aveugles ; et sous ces vagues il y a toujours un gouffre. C'est, en somme, ce qu'exprime *La bête humaine* avec une mélancolique et farouche majesté. C'est une épopée préhistorique sous la forme d'une histoire d'aujourd'hui.

# RENÉ DOUMIC

**René Doumic (1860-1937), critique littéraire de nombreux journaux et revues (*Le Moniteur*, le *Journal des Débats*, la *Revue des Deux Mondes*), n'admirait guère l'œuvre de Zola. Son hostilité à la « formule » naturaliste ne l'empêche pas cependant de souligner certains aspects importants de l'œuvre qu'il critique : dimension épique, composition par leitmotive, etc.**

R. Doumic, *Le Moniteur universel*, 14 mars 1890.

Il se fait actuellement autour du nom de M. Zola un mouvement d'opinion très curieux à observer. M. Zola pendant longtemps a été très contesté, attaqué avec la dernière violence. Lui, ne s'est ému ni des critiques, ni des injures, ni du bruit ; à moins pourtant qu'il ne s'en soit réjoui. Il a continué d'aller droit devant lui, traçant le même sillon, de la même allure pesante et puissante. C'est un opiniâtre, un entêté ; et il sait que le dernier mot appartient aux entêtés. Il a continué son œuvre, entassant les volumes, ne raffinant pas sur la qualité, mais persuadé qu'en littérature comme ailleurs on s'impose par le nombre et par le poids. Dans le tas, il y avait de belles parties, d'autres qui étaient médiocres, ou nulles, ou ignobles ; des fragments d'épopée, des morceaux de roman feuilleton, des centaines de pages qui semblaient détachées d'un catalogue, des choses niaises et des choses superbes, le tout pêle-mêle, sans critique et sans choix. [...]

Tandis que l'écrivain ne se lassait pas, on s'est lassé de plaisanteries tant de fois répétées contre lui, et de clichés qui ont tant de fois resservi. On éprouve quelque gêne à exécuter sommairement un homme qui s'est fait dans les lettres une large, une si large place. L'attitude de la critique vis-à-vis de l'auteur des *Rougon-Macquart* s'est faite respectueuse. On ne discute plus son talent. On accepte son œuvre telle qu'elle est. M. Zola tourne au patriarche.

Aussi je ne vois guère qu'on ait apprécié à sa vraie valeur son dernier roman *La bête humaine.* C'est un des plus mauvais parmi ses livres, et qui ressemble moins à ce beau et sombre poème : *Germinal*, qu'à ces tristes rapsodies : *Pot-Bouille*, *Le Bonheur des Dames*, *La Terre.* C'est de la besogne exécutée d'après une formule qui n'a plus rien de nouveau à nous apprendre.

La formule du roman naturaliste est bien connue ; et il n'y faut pas chercher malice. On choisit un milieu social et on le décrit avec une minutieuse recherche qui d'ailleurs n'exclut pas la fantaisie.

*La bête humaine* est composée justement d'après le même système. La physionomie de tous ces personnages est indiquée de la façon la plus rudimentaire. — Pour le portrait physique, on se contente d'une particularité notée une fois pour toutes, mais rappelée chaque fois. On ne nous parle jamais de Séverine, sans nous parler aussi de « ses yeux de pervenche ». Roubaud a des « gestes brusques d'ancien homme d'équipe ». Un autre est « frêle et sournois avec une petite toux mauvaise ». Flore est une « vierge guerrière avec son casque de cheveux blonds ». Et pas un qui n'ait ainsi son étiquette. — Pour le portrait moral, c'est beaucoup plus simple encore. Hommes et femmes, tous se ressemblent, et ce sont autant de bêtes fauves chez qui se déchaînent avec la même violence l'instinct génésique et l'instinct du meurtre. Ainsi s'explique ce titre *La bête humaine.* Mais il y a là-dedans plus de philosophie que vous ne croyez. Car M. Zola, clairvoyant analyste du cœur humain, pénètre dans l'obscure conscience de ses personnages jusqu'à ce fond d'instinct, venu de très loin, des plus anciennes origines de l'espèce, des temps où l'homme primitif parcourait les forêts, assouvissant au hasard ses besoins de brute sanguinaire.

**Les philosophes contemporains se sont intéressés de près à l'œuvre de Zola. Gilles Deleuze (né en 1925), qui a écrit également un essai sur Proust (1964), a donné, pour l'édition de *La bête humaine* publiée dans les *Œuvres complètes* (15 vol., Tchou, Cercle du livre précieux, 1966-1969), une importante préface (reprise dans l'édition Folio, 1977) où il souligne notamment les deux régimes de la « fêlure » et la dimension épique du roman. Michel Serres (né en 1930), a publié en 1975 un essai portant sur l'œuvre romanesque entière de Zola et dont le titre, *Feux et signaux de brumes, Zola,* est d'emblée placé sous l'égide de *La bête humaine.* La thèse de M. Serres est que toute l'œuvre de Zola (et pas simplement *La bête humaine,* même si ce roman en constitue comme le centre névralgique) est hantée par le modèle de la machine à vapeur et par les lois de la thermodynamique (néguentropie contre entropie, source chaude et source froide, circulation d'énergie et blocage d'énergie, etc.). Nous reproduisons ici un extrait du texte de M. Serres.**

M. Serres, *Feux et signaux de brume, Zola.* Paris, Grasset, 1975, p. 130 et suiv.

La machine à vapeur est lancée. Voir : le foyer rouge, la porte s'ouvre et se ferme au rythme de la chauffe, la fumée blanche et sale ; signaux, de jour, de nuit, rouges, verts, verts, rouges ; les deux rails, épines sur le ballast, droit devant, plongent sous le poitrail ; la plaine rase, immense, les tunnels noirs, fermés. Entendre : tonnerre qui roule, sifflet qui fuse, aigus et graves ; rythme à deux temps sur les joints de dilatation, tempo variable. Sentir : odeur de brasier, odeur de fumée au soufre ; être brûlé, gelé, brûlé, gelé, la pelle, la sueur, vent glacial dans le dos, le four devant soi, gueule à gueule. Toucher du froid, du chaud, ceci raidi de gel, cela fondant de braise. Blanc, noir, vert, rouge, le double chemin, les graves et les aigus, la flamme et la glace, le besoin d'être nu ou d'être trop vêtu, la sueur qui cuit ou qui réfrigère. Le corps, le geste, le travail, l'objet, la machine, le monde... coupés en deux. Les opposés présents, séparés, confondus, à l'intérieur du mouvement. Le va-et-vient des bielles. [...]

Ainsi la pratique du chauffeur, du mécanicien de locomotive, les place au plus près voisinage du grand principe de Carnot. Savoir qu'une machine à feu ne saurait fonctionner si elle ne disposait, en même temps, d'une source chaude, ici le complexe foyer-chaudière, et d'une source froide, ici le condenseur ou l'atmosphère extérieure. Leur *différence*, vécue comme une *opposition*, modélisée comme une *chute*, d'un réservoir en général à sa consommation, *produit* le travail et donc le mouvement. Les bêtes de Zola sont plongées dans cette différence, hommes, femmes, locomotives, objets, monde. Et c'est elle qui produit le récit, qui le développe. Globalement parlant, tout fonctionne comme la machine à feu : le roman, ses amours et ses crimes. Il va falloir le démontrer. Le lecteur peut s'exercer, en attendant, à retrouver le schème théorique de Carnot chez les auteurs qui parlent de deux sources : Bergson ou la thermodynamique et la théorie des états de la matière, métaphoriquement rêvées.

Le mécanicien ne vit pas seulement une pratique de l'énergie et de sa production, entre chaud et froid, rouge et bleu, flamme et glace. Parce que la machine à feu n'est pas, ici, un moteur fixe, il est embarqué dans un monde où l'espace, le temps, les objets, les êtres et les mots ne se rapportent plus aux référentiels ordinaires. Un nouveau monde *naturel et social*, celui de la communication. Celui que, dans leur conscience historique et préhistorique, haïssent à mort le sédentaire, l'agriculteur, celui qui a feu et lieu. [...]

Passages gardés, préparés, aménagés : viaducs, tunnels, barrières de niveau. D'un mot, l'infrastructure. *L'infrastructure, c'est l'espace de communication.* Toute une philosophie gît dans la terminologie technique. Échanger, maintenant : des marchandises, du charbon et de l'eau, de l'argent, des journaux et des lettres, des voyageurs, des femmes, des populations entières : Le Havre, port d'Angleterre et d'Amérique. Livrer, recevoir. Et donc plusieurs pratiques mêlées d'émissions et de réceptions. D'autant plus que la ligne est doublée d'un réseau téléphonique, télégraphique. J'arrive avant moi-même, je pars un peu après. Je me déplace, réellement, dans l'utopie ou dans l'ubiquité, puisque mon transport est réglé par les stationnaires. Échangeurs aux pôles ou sur le trajet : rotondes étoilées, postes d'aiguillages. Voilà l'espace naturel, ou naturalisé par l'animisme de plus haut, le grand schéma, le grand corps couché en travers de la terre, nerfs, sang et articulations. Sujet à des pannes, des accidents, des maladies : ruptures, cassures, fêlures, aux points de catastrophe : la Croix-de-Maufras. Le carrefour du Mal. Théorème : *toute fêlure est une rupture de communication.* Il vaut pour le réseau, pour la machine, pour le mécanicien : un théorème des trois corps. Au bilan, le moteur et sa circulation. [...]

Première scène : l'inévitable enceinte où brûle du feu. La chaleur du poêle est suffocante. Ouvrir une fenêtre, d'où l'on voit le réseau. Que Roubaud la ferme du coude, et le drame éclate dès que l'enceinte est close. Le vieux schéma est respecté, qui perdure depuis des millénaires : le monstre jaloux, en attente auprès de l'âtre, la victime probable, enfermée, qui tente de gagner la porte et que le poing abat. La découverte, au sein de la prison chaude, d'un savoir dangereux que l'on ignorait. La fenêtre est, maintenant, rouverte : entre le petit air froid du crépuscule, soirée d'hiver. Le poêle et la fenêtre, la chaleur et le froid, les deux sources, voici du neuf par rapport au dessein archaïque. Dès lors, la chambre à jalousie fonctionne bien comme la machine qui, en bas, déverse une blancheur foisonnante, comme un duvet de neige, en plus de la fumée, noire des charbons du foyer. Elle aussi dispose d'un feu poussé suffocant et de plusieurs fenêtres. Elle passe et s'arrête : un grand signal rouge tache le jour pâle. Et le réseau est à deux sources, lui encore : vert froid et rouge brûlant. Le monde : ciel humide et tiède, traversé de soleil, le disque cuivré descend dans la brume glacée. Plus loin : sous l'immense coupole de verre dépoli, la lune jaune et l'horizon, noir comme la mort. Comme si tout était clos : la chambre, la locomotive, le réseau et le monde, ou bien ouvert par places dans un système global définitivement fermé. Comme si tout se référait à deux pôles, marqués respectivement de couleurs froides et chaudes, neiges et brasier ; comme si toute action, tout travail et tout mouvement ne se produisaient, ne se consommaient, n'allaient à leur terme fatal, que dans et par leur différence. La référence dynamique, thermodynamique, est présente dès les premières pages, non pas certes par théorie, mais dans les gestes, attitudes et postures d'un groupe plongé dans un métier, perceptions, travaux et réactions définis par un environnement construit sur ces données, cette niche technique projetée enfin sur le monde. Et la psychologie, comme on dit, est modelée par l'écologie. Et qu'est-ce que l'écologie sinon le comput des échanges énergétiques ? Lorsque la niche, pour Lantier le mécanicien, est la Lison, et pour le sous-chef Roubaud une gare, comment sentir et réagir sinon aux signaux rouges et verts, sinon au feu et au froid ? D'où la chambre, ainsi perçue, d'où le réseau, d'où le ciel, son soleil et son brouillard de givre. Que le mot drame, maintenant, signifie une action, énergie et mouvement, et ses résultats, vous conviendrez que jamais il ne fut produit avec autant de précision mécanique. *Ex machina*. Je dis bien produit, non seulement décrit : car on remonte aux conditions par-delà les moyens, aux origines physiques par-delà les moments. Nul, en effet, n'a jamais su ni pu produire de l'action qu'entre deux sources, la brûlante et la fraîche. *La bête humaine* ou les deux sources du récit et du roman psychologique. Matérielles. [...]

De là un problème difficile, toujours le même problème. Le texte initial expose les faits, il en résout les conditions par une double référence aux pôles matériels de la chaleur et du froid. Il est patent, désormais, que tout fonctionne, que tout va fonctionner selon le principe pratique de Carnot : la machine, bien entendu, mais aussi les hommes, déjà marqués à cette double empreinte, leurs émotions et leurs travaux, la niche alentour, perçue, distribuée, construite, l'environnement immédiat, le réseau de l'Ouest, le monde même, fléaux du temps et cosmologie. Or, les mouvements produits dans cette référence et par la différence des deux sources ne sont pas les phénomènes simples prévus par la dynamique du feu : il y aura mort d'homme, passions exacerbées, vengeances et crimes.

## LECTURES DIVERSES

**On peut considérer comme une « lecture » de l'œuvre les résumés de *La bête humaine* donnés, soit par Zola lui-même dans *Le docteur Pascal*, le grand roman récapitulatif de la série, où Pascal raconte et résume pour Clotilde les épisodes de la saga familiale dont il écrit l'histoire[1], soit par l'éditeur Charpentier qui fournit à ses lecteurs, sous forme d'un dictionnaire *(Les personnages des Rougon-Macquart, pour servir à la lecture et à l'étude de l'œuvre d'Émile Zola)* les biographies des personnages de l'œuvre. De même, une analyse quantitative, statistique, comme celle donnée par Étienne Brunet, constitue, au même titre qu'un commentaire, une « lecture » de l'œuvre qui met en relief des régularités et des distribu-**

1. Voir ci-dessus, p. 34.

**tions lexicales imperceptibles à la simple lecture ordinaire. Nous donnons ci-après un tableau (simplifié) extrait du livre de Brunet où le lexique de *La bête humaine* est classé par ordre décroissant de fréquence.**

LE DICTIONNAIRE CHARPENTIER

*Les personnages des Rougon-Macquart, pour servir à la lecture et à l'étude de l'œuvre d'Émile Zola,* Paris, Charpentier, 1928 (anonyme, par Chastenet), p. 244-246.

LANTIER-(JACQUES)[1]. — Second fils de Gervaise Macquart et d'Auguste Lantier. Il avait six ans quand ses parents ont quitté Plassans avec Claude et Étienne, le laissant à sa marraine, tante Phasie, qui lui a fait suivre les cours de l'école des Arts et Métiers. Après deux ans passés au chemin de fer d'Orléans, il est devenu mécanicien de première classe à la Compagnie de l'Ouest, gagnant avec le fixe et les primes plus de quatre mille francs, ne rêvant rien au-delà. À vingt-six ans, il est grand, très brun, beau garçon, avec un visage rond et régulier, que gâtent des mâchoires trop fortes ; il a des yeux larges et noirs ; ses cheveux plantés dru frisent, ainsi que ses moustaches, si épaisses, si brunes, qu'elles augmentent la pâleur de son teint ; on dirait un monsieur, à sa peau fine, bien rosée sur les joues, si l'on ne trouvait d'autre part l'empreinle indélébile du métier, les graisses qui jaunissent déjà ses mains de mécanicien, des mains pourtant restées petites et souples.

Dès l'enfance, il a souffert d'un mal auquel le docteur ne comprenait rien, une douleur qui lui trouait le crâne, derrière les oreilles, des coups de fièvre brusques, des accès de tristesse qui le faisaient se cacher comme une bête au fond d'un trou. Sa mère l'a eu très jeune, à quinze ans et demi, d'un père gamin comme elle ; peut-être sa souffrance vient-elle de là. D'ailleurs, la famille n'est

1. *Jacques Lantier, né en 1844 ; meurt en 1870 d'accident.* [Élection de la mère. Ressemblance physique du père. Hérédité de l'alcoolisme se tournant en folie homicide. État de crime]. *Mécanicien. (Arbre généalogique des Rougon-Macquart.)*

guère d'aplomb, ses frères ont chacun leur tare ; lui, à certaines heures, la sent bien, la fêlure héréditaire, non qu'il soit d'une santé mauvaise, mais c'est, dans son être, de subites pertes d'équilibre, comme des cassures, des trous par lesquels son moi lui échappe, il ne s'appartient plus, il obéit à ses muscles, à la bête enragée. L'abominable désir dont il souffre alors est celui de tuer une femme ; il était âgé de seize ans à peine, quand ce mal lui a pris ; sous l'éveil de la puberté, les autres rêvent de posséder une femme, lui s'est enragé à l'idée d'en tuer une. Sans doute, ne buvant pas, paye-t-il pour les autres, les pères, les grands-pères, qui ont bu, les générations d'ivrognes dont il a le sang gâté, un lent empoisonnement, une sauvagerie qui le ramène avec les loups mangeurs de femmes, au fond des bois. Chaque fois, c'est comme une soudaine crise de rage aveugle, une soif toujours renaissante de venger des offenses très anciennes, dont il aurait perdu l'exacte mémoire ; c'est peut-être la rancune amassée de mâle en mâle, depuis la première tromperie dans les cavernes ; peut-être aussi une nécessité de bataille pour conquérir la femelle et la dompter, le besoin perverti de la jeter morte sur son dos, ainsi qu'une proie qu'on arrache aux autres, à jamais [59]. Mais en lui, toujours, l'épouvante s'éveille avec le désir. Il a retrouvé à la Croix-de-Maufras, sa marraine remariée à Misard, et avec elle sa cousine Flore, dont il est aimé depuis l'enfance. Comme Flore se donnait à lui, les seins nus, il a failli la tuer, mais la peur du sang l'a fait fuir, et c'est toujours ainsi. À Paris, il se réfugie dans sa petite chambre de la rue Cardinet ; au Havre, il use tout seul son matelas de la rue François-Mazeline, il évite les femmes, au point d'être plaisanté sur son excès de bonne conduite. Et il vit solitaire, dans l'unique amour de sa machine, de la Lison ; il l'aime comme une maîtresse apaisante, dont il n'attend que du bonheur [60].

Soudain, il va se croire guéri. Un hasard lui a montré l'assassinat du vieux président Grandmorin, en une vision si rapide qu'elle est demeurée comme sans forme, abstraite, en son souvenir [121] ; puis, les Roubaud lui ont fait soupçonner la vérité par l'exagération de leur prévenances, il a eu ensuite une certitude brusque dans le cabinet du juge Denizet et enfin Séverine s'est confessée à lui, se donnant toute dans cet aveu [124]. La certitude qu'elle a tué la lui montre différente, grandie, à part ; elle lui semble sacrée, il pourra l'aimer, celle-là [157] ; il la voit violente dans sa faiblesse, couverte du sang d'un homme, qui lui fait comme une cuirasse d'horreur [192]. Et il est pleinement heureux, jusqu'au jour où les détails de l'assassinat, révélés par sa maîtresse dans un besoin de tout dire, réveillent en lui le terrible inconnu ; c'est une onde farouche qui monte de ses entrailles et envahit sa tête d'une vision rouge ; son désir renaît sous l'évocation du meurtre, il fuit la gorge qui s'offre, court affolé à travers Paris, un couteau dans la manche, cherchant une victime et n'osant jamais [267]. Cette marche de bête carnassière, en quête de sang, ne l'a pas apaisé ; il est repris désormais par le tourment de l'idée fixe et c'est en vain qu'il espère guérir son mal en tuant Roubaud ; ce crime raisonné est impossible, il faut l'instinct de mordre, le saut qui jette sur la proie, la faim ou la passion qui déchire [303]. Ce qu'il désire impérieusement, c'est la vie de sa maîtresse ; plus elle l'aime, plus il veut la posséder jusqu'à la détruire, dans ces ténèbres effrayantes de l'égoïsme du mâle [361].

Et malgré les préparatifs soigneux, les habiles dispositions qui ont jeté Roubaud à sa merci, c'est Séverine qu'il tue, c'est sur elle qu'il satisfait enfin sa folie homicide. Alors, une joie effrénée, une puissance énorme le soulève, dans le plein contentement de l'éternel désir [374]. La guérison est-elle venue cette fois, Jacques est-il délivré de son besoin monstrueux ? Il tente l'expérience avec Philomène Sauvagnat, deux fois il la possède, sans un malaise, sans un frisson ; puis, sous la sourde excitation du procès Roubaud où, très calme, très maître de lui, dans une absolue inconscience, il a vu attribuer son crime à deux innocents, la crise renaît plus aiguë, il redevient le mâle farouche qui éventre les femelles [410] et il fuit éperdu devant l'affreuse fatalité. Mais son chauffeur, le violent et sournois Pecqueux, a surpris les rendez-vous avec Philomène ; c'est bientôt, entre les deux hommes, sur la plate-forme de leur machine, un brusque duel qui les jette dans le vide et les hache tous deux sous les roues [414]. *(La bête humaine)*.

ÉTIENNE BRUNET : ANALYSE STATISTIQUE

VOCABULAIRE SPÉCIFIQUE : LA BÊTE HUMAINE

É. Brunet, *Le vocabulaire de Zola*, Slatkine-Champion, Genève-Paris, 3 vol., vol. I, p. 465.

*Noms propres*
Roubaud
Séverine
Jacques
Pecqueux
Misard
Cabuche
Havre
Rouen
Denizet
Flore
Lison
Grandmorin
Barentin
Maufras
Lebleu
Doinville
Phasie
Camy
Lachesnaye
Lamotte
Dabadie
Bonnehon
Philomène
Louisette
Victoire
Batignolles
Mantes
Europe
Henri
Amérique
Madame
Monsieur

*Grammaticaux*
il
que
non

car
là
si
aussi
rien
même
ne
ainsi
autre
puisque
siens
avant
celui
cela
du
à
pourquoi
sous
cet
ci
le
dès
tout
point

*Adverbes*

sûrement

*Verbes*

tuer
siffler
fuir
hanter
avoir
déplacer
signaler
sombrer
haïr
repartir
admettre
posséder
confondre
franchir
savoir
évoquer
défiler
gésir

*Adjectifs + part.*

coupé
docile
tué
interrogé
chéri
senti
mâle
coupable
employé
assassiné
guerrier
accusé
classé
réglementaire
descendant
remise
montant
ayant
fouillé
violente
jaloux
arrêté
pesant
épais
grandissant
étant
assourdi
affreux
aperçu

absolu
caché
volant
envahi
immobile
borné
solitaire
arrivé
désert
prévenu
dérangé
passif

*Substantifs*

mécanicien
train
gare
express
tunnel
chauffeur
machine
voie
chef
voyageur
juge
wagon
vitesse
carrier
président
conducteur
couteau
dépôt
meurtre
compartiment
sifflet
neige
rail
interrogatoire
poste
tranchée
assassin
portière
barrière
signal
frise
marquise
instruction
legs
pression
magistrature
roue
équipe
témoin
croix
choc
crime
heure
niveau
testament
victime
secousse
service
piste
charbon
surveillance
minute
lanterne
quai
justice
station
logement
fourgon
trépidation
pelle
nuit
tringle
débat
voyage

vendredi
procureur
accusation
omnibus
arrêt
brume
mari
départ
attelage
manœuvre
arrestation
dépêche
rocher
ligne
talus
accident
changement
commissaire
grondement
soupçon
billet
aveu
marraine
recul
conviction
réparation
vapeur
preuve
bague
attente
besoin
parquet
obstacle
banquette
désolation
détresse
vérité
ténèbres
raisonnement
classe
certitude
square
sang
sel
enquête
possession
appareil
avancement
assassinat
trace
voiture
foyer
sauvage
scrupule
danger
épouvante
haie
poêle
sensation
couloir
éclair
zinc
kilomètre
complicité
mort
affaire
garce
flocon
désir
roulement
hangar
suite
crochet
insecte
poigne
exécration
instinct
anglais

mouvement
surveillant
casque
poteau
transport

crâne
ouest
témoignage
tôle
système

# V. BIBLIOGRAPHIE

## 1. ŒUVRES D'ÉMILE ZOLA

*Les Rougon-Macquart* (5 vol.), Paris, Gallimard, Bibliothèque de la Pléiade, 1960-1966 (sous la dir. d'A. Lanoux et d'Henri Mitterand).

*Les Rougon-Macquart* (5 vol. et 1 vol. : *Dictionnaire d'Émile Zola*), Paris, Laffont, collection « Bouquins » (édition établie par Colette Becker), 1991-1993.

*Œuvres complètes* (15 vol.), Paris, Tchou, Cercle du livre précieux, 1966-1970 (sous la dir. d'H. Mitterand). *La bête humaine* est préfacée par G. Deleuze.

L'« Ébauche » (manuscrite), les notes documentaires, le « Dossier préparatoire » (manuscrit), les deux plans (manuscrits) et le manuscrit proprement dit du texte du roman sont conservés à la Bibliothèque nationale à Paris (Département des manuscrits, Nouvelles acquisitions françaises, nos 10 272, 10 273 et 10 274). De larges extraits en sont donnés dans l'édition de la Bibliothèque de la Pléiade (tome IV, p. 1704 et suiv.). L'« Ébauche » a été intégralement publiée dans l'édition du roman donnée par les éditions Labor-Actes Sud-L'Aire (collection Babel, 1992), accompagnée de deux études par Jacques Dubois et Jean-Pierre Leduc-Adine.

Émile Zola, *Correspondance*, édition établie sous la direction de B. Bakker et C. Becker (Paris, éditions du CNRS et Presses de l'université de Montréal), 9 vol. parus (1978-1993).

## 2. ÉTUDES GÉNÉRALES SUR ÉMILE ZOLA ET SUR SON ŒUVRE

David Baguley, *Bibliographie de la critique sur Émile Zola, 1864-1980*, Presses de l'université de Toronto, 2 vol., 1976-1982.

Colette Becker, *Les critiques de notre temps et Zola*, Paris, Garnier, 1972.

Chantal Bertrand-Jennings, *L'Éros et la femme chez Zola*, Paris, Klinckstick, 1978.

Philippe Bonnefis, « Le bestiaire d'Émile Zola », *Europe*, n° spécial « Zola », avril-mai 1968.

Jean Borie, *Zola et les mythes, ou la nausée au salut*, Paris, Seuil, 1971.
Étienne Brunet, *Le vocabulaire de Zola*, Slatkine-Champion, Genève-Paris, 3 vol., 1985.
Alain De Lattre, *Le réalisme selon Zola*, Paris, PUF, 1975.
Auguste Dezalay, *L'Opéra des Rougon-Macquart*, Paris, Klincksieck, 1983.
Philippe Hamon, *Le personnel du roman : le système des personnages dans les Rougon-Macquart d'Émile Zola*, Genève, Droz, 1983.
Henri Mitterand, *Zola et le naturalisme*, Paris, PUF, collection « Que sais-je ? », 1986.
Henri Mitterand, *Le regard et le signe*, Paris, PUF, 1987.
Roger Ripoll, *Réalité et mythe chez Zola*, Paris, Champion, 1981.
Guy Robert, *Émile Zola, principes et caractères généraux de son œuvre*, Paris, Belles-Lettres, 1952.
Michel Serres, *Feux et signaux de brume, Zola*, Paris, Grasset, 1975.
Dr Édouard Toulouse, *Enquête médico-psychologique sur les rapports de la supériorité intellectuelle avec la névropathie. Émile Zola* (préface d'Émile Zola), Paris, 1896.
Angus Wilson, *Émile Zola : An Introductury Study of his Novels*, Londres, Secker and Warburg, 1952.
Un certain nombre de publications collectives et de numéros spéciaux de revues ont été consacrés à l'étude de l'œuvre de Zola. Citons par exemple le volume collectif *Le naturalisme* (colloque de Cerisy 1976, Paris, UGE, 10/18, 1978), deux numéros spéciaux dans la revue *Europe* (novembre-décembre 1952 et avril-mai 1968), *Présence de Zola* (Paris, 1953), un numéro de la revue américaine *Yale French Studies* (n° 42, 1969).

## 3. ÉTUDES SUR *LA BÊTE HUMAINE*

La bibliographie de la critique sur Émile Zola (1884-1980) établie par David Baguley (citée ci-dessus) recense, depuis un article de V. Champion dans *Le Siècle* en 1889, 76 articles, essais ou thèses consacrés à *La bête humaine.*
Renée Bonneau, *La bête humaine, Zola*, Paris, Hatier, collection « Profil d'une œuvre », 1986.
Auguste Dezalay, « Le thème du souterrain chez Zola », *Europe*, avril-mai 1968.

Claude Duchet, « *La fille abandonnée* et *La bête humaine*, éléments de titrologie romanesque », *Littérature*, n° 12, 1973.
Françoise Gaillard, « Le soi et l'autre, le retour de la bête humaine », dans l'ouvrage collectif *Du visible à l'invisible, pour Max Milner*, Paris, Corti, 1988.
Philippe Hamon, « Je veux, donc ils doivent », dans l'ouvrage collectif *Hommages à A. J. Greimas* (sous la dir. de H. Parret, H. Ruprecht, J.-C. Coquet) : *Exigences et perspectives de la sémiotique*, Amsterdam, Benjamins, 1985. Étude de l'incipit de *La bête humaine*.
Philippe Hamon, « Le juge Denizet dans *La bête humaine* de Zola », dans l'ouvrage collectif (sous la dir. de P. Hamon, et J.-P. Leduc-Adine) *Miscellanées offertes à Henri Mitterand, Mimesis et Semiosis*, Paris, Nathan, 1993.
Dr Jules Héricourt, « *La bête humaine* de M. Zola et la physiologie du criminel », *Revue bleue*, 7 juin 1890.
Elena Jaeggy, *Rêve et réalité dans « La bête humaine »*, thèse, université Paris VII, 1975.
Antoinette Jagmetti, « *La bête humaine » de Zola : étude de stylistique critique*, Genève, Droz, 1955.
Michèle Lagny, « The Fleeing Gaze : Jean Renoir's *La bête humaine* (1938) », dans l'ouvrage collectif *French Film : Texts and Contexts* (sous la dir. de S. Hayward et G. Vincendeau), New York, Routledge, 1990.
Jules Lemaitre, « La bête humaine », *Le Figaro*, 8 mars 1890.
François-Xavier Point, « L'invention de *La bête humaine* », *La Vie du rail et des transports*, n° 2407, 18 août 1993.
J.W. Scott, « Réalisme et réalité dans *La bête humaine*. Zola et les chemins de fer », *Revue d'histoire littéraire de la France*, décembre 1963.
P.M. Wetherill, « Zola et l'effondrement du réalisme », *Revue des lettres romanes*, publications de l'Université catholique de Louvain, tome LXVI, n° 3, 1992.
Geoff Woolen (sous la dir. de), ouvrage collectif (préface de Colin Smethurst), « *La bête humaine », de Zola : texte et explication*, actes du colloque du Centenaire, Glasgow, 1990, University of Glasgow, French and German Publications.
G. Woolen, « Zola : la machine en tous ses effets », *Romantisme*, n° 41, 1983.
G. Woolen, « Une nouvelle de Camille Lemonnier : de Jack l'Éventreur à *La bête humaine* », *Les Cahiers naturalistes*, Paris, 1995.

Un certain nombre d'éditions publiées en éditions de poche (Le Livre de Poche, Garnier-Flammarion, Folio, Presses-Pocket, Babel) comportent des préfaces ou des études d'accompagnement intéressantes. On trouvera également dans la revue *Les Cahiers naturalistes* (Paris, Fasquelle, un numéro par an depuis 1955), revue universitaire consacrée à peu près exclusivement à l'étude de l'œuvre de Zola, plusieurs études du roman (voir notamment les nos 23, 39, 57, 63, 65). Voir aussi les communications du colloque « Arts et chemins de fer », organisé par l'Association pour l'histoire des chemins de fer en France (24-26 novembre 1993, Paris).

## 4. OUVRAGES GÉNÉRAUX

Marc Baroli, *Le train dans la littérature française*, Paris, Berger-Levrault, 1963.

César Lombroso, *L'homme criminel*, 1876, trad. franç., Paris, Alcan, 1887.

Jacques Noiray, *Le romancier et la machine : l'image de la machine dans le roman français* (1850-1900), Paris, Corti, 1981, 2 vol. Le vol. 1 est consacré à l'œuvre de Zola.

Gabriel Tarde, *Criminalité comparée*, Paris, Alcan, 1886.

Henri Vincenot, *La vie quotidienne dans les chemins de fer au XIXe siècle*, Paris, Hachette, 1975.

## 5. FILMOGRAPHIE

1916-1918 : *La bête humaine*, film de L. Carducci (Italie).

1920 : *La bête humaine*, film de Ludwig Wolff (Allemagne).

1933 : Roger Martin du Gard prépare, pour le metteur en scène Marc Allégret, un scénario pour un film adapté de *La bête humaine* qui ne sera pas tourné. Le scénario manuscrit (575 feuillets) est déposé à la Bibliothèque nationale de Paris.

1938 : *La bête humaine*, film de Jean Renoir (France), musique de Kosma, avec Jean Gabin dans le rôle de Lantier, Simone Simon dans le rôle de Séverine, Fernand Ledoux dans le rôle de Roubaud, Carette dans le rôle de Pecqueux (film tourné dans des décors « modernes »).

1954 : *Human Desire*, film de Fritz Lang (États-Unis), avec Glenn Ford dans le rôle de Jeff (Lantier) et Gloria Grahame dans celui de Vicki (Séverine) (film tourné dans des décors « modernes » américains).

1956 : *La bête humaine*, film de Daniel Tinayre (Argentine).

Une adaptation au théâtre de *La bête humaine* a été réalisée par W. Busnach, auteur de plusieurs adaptations au théâtre de romans de Zola, et soumise à Zola, mais n'a jamais été représentée. Le texte de cette adaptation ne nous est pas parvenu.

Gabriel Pierné (1863-1937) a composé dans « Bouton d'Or » (paroles de Michel Carré) un air pour baryton parodique sur le sujet de *La bête humaine.*

*La bête humaine* a été adaptée et jouée au théâtre (novembre 1989-janvier 1990) par la troupe du théâtre de la Main d'Or-Belle de Mai (Paris). Mise en scène : Alain Illel ; adaptation : Fernand Lebeau.

Le publiciste J.-P. Goude a présenté, le 14 juillet 1989, dans le cadre du défilé du bicentenaire de la Révolution française, à Paris, qu'il avait été chargé d'organiser sur les Champs-Élysées, un char représentant la locomotive de *La bête humaine.*

## 6. ICONOGRAPHIE

John Grand-Carteret, *Zola en images,* Paris, Juven, 1908.

H. Mitterand et J. Vidal, *Album Zola,* Paris, Gallimard, Bibliothèque de La Pléiade, 1963.

François Emile-Zola et Massin, *Zola photographe,* Paris, Denoël, 1979.

Plusieurs éditions illustrées de *La bête humaine* ont été publiées chez divers éditeurs (Charpentier-Fasquelle, *Œuvres Complètes,* 1906, édition « ne varietur », etc.).

# TABLE

## ESSAI

*Composition Traitext*
*Impression S.E.P.C.*
*à Saint-Amand (Cher), le 5 octobre 1994.*
*Dépôt légal : octobre 1994.*
*Numéro d'imprimeur : 2511.*
ISBN 2-07-038651-1./Imprimé en France.

**63352**